Un
Dulce
encuentro
En el Infierno

KRIS BUENDIA

Un dulce encuentro en el infierno KRIS BUENDIA

1ra Edición

ISBN: 978-1508979777

1

Índice

Sinopsis

El amor de Matthew e Isabelle es como la llovizna que cae silenciosamente en un dulce encuentro, pero muchas veces desborda el río de su pequeño paraíso.

Belle está cada vez más entre las llamas del infierno y no se ha dado cuenta. Pronto su amor no será suficiente para lo que está a punto de descubrir y poder rescatar al chico que tanto ama pero, su amor la ha liberado de un infierno para llevarla a otro.

¿Podrá el *halcón* ser rescatado por su *mariposa*?

¿La dulce Elena será capaz de amar también en el infierno?

El cuervo

Gustave Doré (1884)

"Uno no se enamoró nunca, y ése fue su infierno. Otro, sí, y ésa fue su condena."

Robert Burton

Me encanta despertar en brazos de Matthew. A veces despierto sola en mi habitación o en la de él, pero al salir el sol, él siempre está a mi lado.

—He dejado de tener pesadillas—susurro y mi voz lo despierta.

— ¿Tienes pesadillas muy frecuente?

—Sí, pero cuando duermo contigo no tengo pesadillas y tampoco lloro dormida.

—Me alegro—besa mi coronilla. — Tenemos que ir a clases, señorita.

—Quiero quedarme contigo así todo el día—hago mohín.

—Me encantaría, pero recuerda que el año está por terminar y es mi último año en la universidad.

— ¿Te irás cuando te licencies? — pregunto triste. Imaginarme tener que separarme de él, me mata.

—No lo sé, y no quiero hablar de eso mientras veo cómo tus ojos empiezan a llenarse de lágrimas, ya hablaremos de eso después. —me da un beso casto, pero no es suficiente, pensar en que él se irá para especializarse, hace que mi corazón se encoja de dolor.

—Mírame—ordena y atrapa la primera lágrima—No hagas esto, por favor. Es muy difícil para mí tener que pensar en ello y verte así por mi culpa.

—Te prometo que te apoyaré en cualquier decisión que tomes. —digo con un hilo de voz.

—No me prometas nada, Elena. No creo en ese tipo de promesas. —Su confesión me decepciona y hace que me levante molesta de la cama.

Escucho que maldice en voz baja detrás de mí y me sigue hasta el baño. Limpio mis lágrimas de una manera brusca y me meto a la ducha.

Él día de mi cumpleaños él me prometió que siempre estaría conmigo, que me apoyaría en todo y ahora su cambio me cae como agua hirviendo por todo el cuerpo.

Fue un día perfecto.

Toco el colgante de oro blanco que me regaló, me pilló al amanecer cuando me miré al espejo y llevaba una pequeña mariposa con piedras blancas y lilas que brillan a la luz del sol. Era un regalo maravilloso con un gran significado para mí.

— ¿Mariposa? —llama detrás del cristal de la ducha.

No respondo. Voy a ignorar su mala actitud esta mañana. No lo necesito y él tampoco necesita mis lágrimas.

— ¿Vas a ignorarme por el resto del día? —Gruñe.

—Sí, déjame sola. —voy a comportarme como la niña que fui una vez para él.

—Como quieras. —Tira la puerta enojado haciéndome brincar.

Salgo de la ducha y elimino el exceso de agua en mi cabello. Tengo los ojos llenos de lágrimas pero no voy a llorar, es estúpido llorar por algo que todavía no ha sucedido pero su cambio de humor me ha tomado por sorpresa y es lo que realmente me duele que quizás haya cambiado de opinión y ya no quiera estar conmigo.

Cuando entro a la cocina sólo veo a Joe leyendo el periódico.

—Buenos días para ti también, Belle. — Se siente la tensión en el aire y me da pena por Joe, no tiene caso cargarla con él.

—Lo siento, buenos días, Joe.

— ¿Está todo bien?

—Supongo—Contesto a secas mientras preparo el desayuno.

Cuando sirvo el desayuno de los tres, Matthew entra y tiene la mirada fría. Desconozco su actitud y me siento al otro extremo a desayunar con Joe.

Joe nos observa pero no dice nada. Lo compadezco, ha de ser difícil para él, el momento es demasiado incómodo.

Mi teléfono empieza a sonar y para mi desgracia está en las narices de Matthew.

Se levanta molesto y sin tocar el desayuno sale al jardín. Joe me pasa el teléfono y veo la pantalla.

David.

Oh, demonios. El día no puede ser mejor.

—Hola, David—resoplo.

—Lo siento, ¿Es un mal momento?

—No, disculpa ¿Cómo estás?

—Bien, quería invitarte al cumpleaños de Mike y Katie, ya sabes que no son mellizos pero para mi desgracia nacieron en la misma fecha y mi madre quiere hacer una pequeña celebración.

Después de la separación de los Henderson, los chicos la estaban pasando un poco mal, su padre se había ido de casa y yo seguía dándoles tutorías, pero de italiano.

—Sé que a tu novio no le hará gracia, pero mi madre insistió que te dijera—se queja David.

Cuando se enteró de mi noviazgo con Matthew por más que intenté ocultárselo para no herir sus sentimientos, fue el mismo Matthew el que se encargó de dejarle claro que era «su chica» y que mantuviera sus *garras* en el bolsillo.

—Ahí estaré, David, ya sabes lo que significan para mí. Dile a tu madre que gracias por la invitación.

—Gracias, Belle. Te veo en la universidad.

—Claro, adiós.

¿Y ahora qué le digo a Matthew?

— ¿No es lo que creo que es? —Pregunta Joe.

—Es el cumpleaños de sus hermanos. —me encojo de hombros.

—A Matt le da un infarto cada vez que vas a dar tutorías, una celebración creo

que lo terminará matando. —Su
comentario no me ayuda.

—No voy a decirles que no, lo hago por
ellos, no por David.

—Lo sé, pero has visto a Matt esta
mañana ¿Qué ha pasado?

—No quiero hablar de eso, la verdad es
una estupidez.

—Pues deben arreglarlo y dile lo de la
celebración. No le gustará pero creo que
lo terminará aceptando.

Joe tiene razón, Matthew puede ser
celoso y posesivo pero nunca me ha
prohibido nada y le agradezco por no ser
un controlador, al menos no por los
momentos.

Termino el desayuno y camino hacia al
jardín, él está sentado debajo del árbol
jacaranda y como siempre, verlo ahí es
mi obra de arte favorita.

Me acerco con cautela y lo abrazo por
detrás.

—Puedo sentirte desde lejos, mariposa,
mi cuerpo te puede sentir y tu aroma ya
es parte de mí.

Oh, Matthew.

—Cuando me hablas así siento lo mismo
que tú sientes cuando muevo mi nariz.

— ¿En serio? — levanta la mirada y beso su nariz.

—Sí—admito ruborizada.

—Me alegro, tú eres mi musa. — Ahí está de nuevo mi Matthew.

Me siento en su regazo y lo abrazo. —Lo siento—susurró en su cuello.

—No te disculpes, es mi culpa, todo esto es nuevo para mí, tenerte a mi lado es lo mejor que me ha pasado en la vida, mariposa. Pensar en que debo distanciarme de ti hace que mi vida pierda sentido, siento que vuelvo a arder en el infierno. Te amo, dejaría todo por ti. Lo sabes.

No has dejado el polígono. Susurra una voz resentida en mi interior.

—Jamás te dejaría elegir entre tu carrera o yo, amo lo que haces, lo solucionaremos. —Intento tranquilizarlo.

— ¿Quieres alegrarme por esa llamada que acabas de recibir del *buitre*?

Rio para mis adentros. Me conoce tan bien.

—La madre de David me ha invitado al cumpleaños de los chicos.

— ¿Su madre o él?

— ¿Importa? —pongo los ojos en blanco.

—A mí sí me importa ¿Será que tengo que recordarle algo?

—Matthew Reed, deja de ser tan irracional y apóyame en esto, no quiero discutir.

— ¿Yo soy irracional? —frunce el cejo y alza la voz—Tengo que tolerar que pases más de dos horas en su casa casi todos los días, que sea tu compañero y no le basta con eso, también tengo que soportar que te haya invitado a una fiesta en su casa y lo peor de todo es que no es cualquier chico es el *buitre* que está enamorado de mi novia.

Oh, no lo había visto desde ese punto. Y la manera en que me llama «su novia» hace florecer al Matthew posesivo que no había conocido antes.

—Lo he entendido, Matthew.

—No lo has entendido, Elena. — Pronuncia mi nombre, está enfadado y continúa: —Mi tolerancia tiene un límite, soy hombre, sé cómo andarme por las ramas para conseguir algo y el *buitre* no es diferente.

—David no ha vuelto mencionar sus sentimientos hacia mí desde que tú te encargaste de hacerle saber que era tuya.

—alzo la voz, es la primera vez que lo hago y me levanto de su regazo.

— ¿Lo estás defendiendo?

—No lo hago, pero...

Sí lo haces, acéptalo. Dice la voz traicionera de mi interior.

— ¿Pero? —me reta.

—Eres imposible, Matthew Reed— Lo ignoro y me alejo. Cuando menos lo espero me toma del brazo evitándome huir.

—No te vayas, no he terminado. —Me fulmina con la mirada.

—Tú no, yo sí. Me haces sentir como si fuera la peor novia y que incito a David a esperar por mí.

—Eres demasiado inge...

— ¿Ingenua? —Termino la palabra por él.

¡Estoy furiosa!— ¿Entonces es mi culpa?

No responde y pasa su mano libre sobre su cara con desesperación. Me suelto de su agarre y camino al interior de la casa. Escucho que me llama pero no me detengo.

—Perfecto, nuestra primera pelea y huyes. —grita detrás de mí.

—Vete a la mierda, Matthew—grito sobre mi hombro.

Joe me ve con los ojos bien abiertos, es la primera vez que digo un taco.

—Belle...

—No preguntes—lo interrumpo malhumorada.

Agarro mis libros de mala gana y salgo por la puerta principal. Decido ir caminando a la universidad e ignorar al malhumorado, posesivo y celoso Matthew. Entiendo su punto, pero no toleraré que me culpe por ello. David es mi amigo y sé que es más probable que encuentren el cura para el cáncer antes de que lleguen a ser amigos, pero David ha respetado mi relación con él, a regañadientes, pero lo ha hecho.

Mi teléfono suena y sé que es él pero decido no contestar. Camino dos calles arriba y recibo un mensaje:

¡Elena, por el amor de Dios!, contesta el maldito teléfono y dime dónde estás no puedes ir caminando tú sola a la universidad.

Matthew.

¡Oh, sí puedo! Demasiado tarde amigo.

Me voy por el camino más largo, si me voy por el más corto Matthew me encontrará de inmediato.

Sigo avanzado y me doy cuenta que ha sido una mala idea haberme desviado del camino normal, mi enojo se ha convertido en ansiedad y frustración al darme cuenta que las calles a esta hora no son tan transitadas.

Oh, dioses del resentimiento y orgullo, ayúdenme a llegar con bien a mi destino.

Saco mi teléfono y decido llamar a la víctima de la pelea entre Matthew y yo.

— ¿Belle?

—David, qué bueno que contestas.

— ¿Estás bien? Te oyes asustada.

—No puedo explicarte mucho, pero necesito que me ayudes, estoy a tres calles al norte de mi casa y me ha dado el pánico para poder regresar y casi no conozco esta parte de las calles.

— ¿¡Estás loca!? No te muevas ahora mismo voy para allá.

Me siento en la orilla de una casa a esperar a David y veinte minutos después llega a toda velocidad.

—Gracias por venir por mí, David, te debo una.

— ¿Me puedes explicar por qué estás fuera de tu casa tan temprano y sola?

—No quieres saberlo. — me dejo caer en el asiento.

No iba a llamar a Joe porque el muy traidor le diría a Matthew, y no es mi persona favorita en el mundo en estos momentos.

— ¿Fue Matthew? ¿Él te ha echado de su casa? — pregunta arrastrando las palabras furioso.

—Por supuesto que no, hemos discutido y decidí irme por mi cuenta y ya ves.

—Que me hayas llamado a mí no va a ayudar en nada, Belle.

—Lo sé, pero no tenía a quién llamar.

Toma mi mano y la aprieta con suavidad.

—Sabes que siempre estaré aquí, Belle.

Mi teléfono empieza a sonar de nuevo y no contesto, si se entera que estoy con David le dará un infarto antes de los treinta.

Segundos después deja un mensaje:

Mariposa, al menos dime que estás bien, por favor.
Estoy muriendo lentamente, Mi enfado en estos momentos me importa poco.
Sólo dime si estás bien, por favor.

Matthew.

Ahora me siento un poco mal por mis niñerías. Él siempre se preocupa por mí y

yo le he pagado huyendo. Me doy por
vencida y le regreso el mensaje:

Estoy bien, Matthew.
No te preocupes por mí.

No voy a huir para siempre, al fin de
cuentas, vivo en su casa. Sólo quiero un
poco de espacio antes de que nos
matemos el uno al otro.

— ¿Quieres hablar de ello? —David me
sorprende con su pregunta.

—Ha sido una tontería, David, en serio
no te preocupes, lo solucionaremos.

—Si hubiese sido una tontería no me
habrías llamado a mitad de una calle
solitaria, Belle. Te prometo que no le
romperé la cara. —Su comentario me
hace gracia y decido confesarle:

—Le he dicho de la fiesta de tus
hermanos y él insiste en que tú
todavía...ya sabes.

Frunce el cejo y muerde su labio inferior.

—Belle, no te voy a mentir, cuando me di
cuenta de que tú y él estaban juntos
quise matarlo, pero haciéndolo no iba a
conseguir que me dieras una
oportunidad. Te quiero, pero también

eres mi amiga, gracias a ti he estado sobrio por más de ocho meses y si eres feliz con él—Hace una pausa—Lo acepto.

Oh, David. ¿Por qué Matthew no puede entenderlo?

—Gracias, David.

— ¿Entonces pelearon por mí? —asiento y continúa: — ¿Y me has llamado?

—No voy a decidir entre él y tú—Me rehusó—tiene que aceptarlo.

David sonríe, y sé que escuchar eso lo enorgullece, pero todavía sigo pensando en que si Matthew se entera de que lo llamé, va a enfurecer.

Al llegar a la universidad, todavía faltaba media hora para la clase de lingüística.

La profesora Smith siempre llegaba diez minutos tarde, era costumbre de que los demás llegaran a la misma hora.

—Sé que no es un buen momento para preguntarte pero ¿Irás a la fiesta de mis hermanos?

—Por supuesto que iré, es una fiesta de niños después de todo, además se lo debo a tu madre.

Nos relajamos en las bancas del campo de la universidad y reviso mi correo desde mi celular y me asombra ver uno del Sr. Jones:

Querida Isabelle:

Han pasado varios meses desde la última vez que te vi.
Eres tan hermosa como tu madre y lamento mucho haberte sorprendido de la manera en que lo hice.
Quiero que sepas que no me voy a rendir hasta recuperar a mi hija, eres demasiado importante para mí, Isabelle.
Espero algún día puedas contestar mis mensajes y mis llamadas, ¿Necesitas tiempo? Puedo dártelo, eres mi hija y me importas. Pienso que todavía no es tarde para que empecemos de nuevo aunque el daño que te he causado en el pasado haya hecho que te alejaras de mí, pero quiero creer que algún día lo solucionaremos.

No me cansaré de pedirte perdón.
Me hubiese gustado conocer a tu novio en otras circunstancias pero me da mucho gusto que tengas a alguien que te proteja como yo no lo pude hacer.
Se feliz.

Un abrazo.
Tu padre, R.J.

Suelto un sollozo conmovida por su mensaje, ha pasado mucho tiempo y no me había llamado o enviado un mensaje.

Pero su correo me ha sorprendido, dentro de mi corazón puedo sentir su sinceridad.

—Belle, ¿Qué pasa? —pregunta David, acariciando mi espalda.

—Es un correo de mi padre, me ha conmovido.

—Isabelle, no llores—ruega y me abraza.

Me toma por sorpresa su abrazo pero lo necesito y le correspondo.

Alguien aclara su garganta detrás de nosotros y respingo al ver a Matthew con sus ojos ceniza echando humo.

—Aleja tus garras de mi chica—Le gruñe a David.

—Matthew, tranquilízate, por favor—le ruego limpiando mis lágrimas.

—No te preocupes, Belle, sé defenderme. —dice David poniéndose de pie con sus nudillos apretados.

Oh, dioses de los hombres celosos, ayúdenme que no se rompan la cara aquí. ¡Ni en ningún lugar!

— ¿No te han enseñado a no tocar a la chica de otro?

—No la estaba tocando, *halcón*. La estaba consolando.

—Para eso estoy yo que soy su novio.

—Si fueras su novio no permitirías que caminara sola por una calle desierta.

Oh, estoy en problemas.

— ¿Qué has dicho? — se acerca y lo fulmina con la mirada.

— ¡Ya basta! —Me detengo enfrente de los dos para impedir que den un paso más.

—David, te veo en clase. —Le ruego con la mirada.

—Claro. —dice tajante. Coge sus cuadernos y se va, no sin antes lanzarle de nuevo una mirada llena de advertencia a Matthew.

— ¿Qué sucede contigo, Matthew? —lo reprendo y prosigo: —Él sólo estaba tratando de ayudarme.

— ¿Ayudarte? —Se ríe con ironía—Yo no veo que ésa sea su intención.

Se me llenan los ojos de lágrimas, pero esta vez de la furia que siento al ver que se comporta como un completo idiota.

— ¿Cómo sabe que caminaste sola hoy? —se suaviza su voz pero su mirada sigue amenazándome.

No respondo y me cruzo de brazos.

—Respóndeme, Elena. ¿Le has llamado?

Se acerca más y toma mi barbilla para verlo a los ojos.

—Voy a interpretar tu silencio como un *sí*. Ahora contéstame algo: ¿Irás a su fiesta?

Parpadeo para evitar que salgan mis lágrimas y por más que intento abrir la boca para responder, no puedo.

—Perfecto, eso es otro *sí*. — dice con decepción. —Pensé que sólo yo podía abrazarte de esa manera, pero veo que tu cuerpo tampoco rechaza su tacto.

—Matthew...—sollozo.

—No, Elena, ahora soy yo el que no quiere escucharte.

Dicho eso, da media vuelta y me deja sola, sintiéndome la peor persona del mundo. Sus palabras han sido duras y todavía puedo sentir el dolor en ellas. Tiene razón. No puedo defenderme y tampoco mentirle.

A regañadientes me trago mis lágrimas y me dirijo al salón de clases, esta vez me siento lejos de David, no quiero empeorar las cosas. David me sonríe y niega con la cabeza.

Mi amigo y mi novio.

Dos personas que quiero y se odian entre sí.

Vaya dilema de mi vida.

꙳Ɛ33꙳

La voz de la profesora Smith en la primera clase fue como un eco en mi cabeza. Me reprendo para mis adentros mientras estoy en la clase de Historia Europea Del Siglo XVIII, con el Profesor Turner.

—*Voltaire*[1] defiende la tolerancia, sosteniendo «No *estoy de acuerdo con nada de lo que Ud. Dice pero defiendo hasta la muerte su derecho a decirlo*» Critica al Absolutismo y a la Iglesia Católica. Defiende la creencia en Dios sin clero.[2] Mientras que *Jhon Locke*[3] Establece que el pueblo puede sublevarse si el gobierno no cumple con sus obligaciones. Propone la división de poderes en el gobierno, siendo el Legislativo el más importante. ¿Alguien recuerda otro aporte de los pensadores de la ilustración?

Tengo que salir de mi coma-pelea y alzo la mano al aire, recuerdo un poco sobre el tema de la sociedad europea.

— ¿Señorita Jones? — Me da la palabra.

---

[1] Fue un escritor, historiador, filósofo y abogado francés uno de los principales de la Ilustración.
[2] Sacerdotes.
[3] (1632-1704) -Pensador y filósofo inglés.

—*Juan Jacobo Rousseau*[4], En su obra más importante *El contrato social*, establece que la solución es a través de un contrato, donde los individuos, conservan todos sus derechos entre ellos, el poder político, el pueblo es soberano, y por lo tanto hace las leyes.

—Muy bien, señorita Jones. Todos estos pensadores tenían su propio criterio en cuanto a sociedad. En el Siglo XVIII los filósofos tomaron en cuenta la importancia del el espíritu crítico, el uso de la razón, rechazando las verdades absolutas impuestas por la Iglesia. Decía *René Descartes:*[5] «*Pienso, Luego Existo*» Sostuvo que el Universo está regido por leyes que pueden ser expresadas en fórmulas matemáticas.

La hora se hace eterna y escucho la historia de "Nuevas Ideas" o "Ilustración" cuando se quiso crear un mundo nuevo, atacando el Absolutismo, la intolerancia religiosa y el sistema económico mercantilista.

Mi mente está divida en el siglo antiguo y en el siglo presente donde un Matthew Reed ha herido mis sentimientos, pero yo he pisoteado su corazón.

---

[4] Fue un polímata: escritor, filósofo, músico, botánico y naturalista e ilustrador.

[5] Fue un filósofo, matemático y físico francés, considerado como el padre de la geometría.

Al finalizar las clases, me encuentro con Joe y Ana en la puerta de mi salón.

—Hemos venido por ti, he visto a Matt y es todo un *halcón* fuera de su jaula. —dice Joe.

—A sido uno de mis peores días, desde que me levanté no hemos hecho otra cosa que discutir y la última pelea ha sido mi culpa. —admito.

—Ven, vamos a comer— Ana me toma del brazo.

Era la hora del almuerzo y por supuesto no tenía apetito, Matthew no contestaba mis llamadas y peor mis mensajes. Lo entendía.

Lo entendía perfectamente, yo en su lugar estaría furiosa, pero claro, era demasiado terca para darme cuenta de mi error antes de cometerlo.

Cuando el mesero llega a tomar nuestra orden, me sorprendo al ver que es el mismo mesero del primer almuerzo cuando iniciaron las clases. Rio para mis adentros con nostalgia al recordar la primera vez que vi a Matthew celoso. Y por supuesto, cuando Olivia se acercó y me fulminó con la mirada. Con ese último pensamiento hago una mueca de disgusto y Ana sonríe. Sabe lo que estoy pensando.

— ¿Vas a decirnos qué demonios ha pasado entre Matt y tú? —pregunta Ana.

—Hemos discutido por mi amistad con David, es la primera vez pero lo he empeorado y además lo mandé a la mierda. —Ana se atraganta y ríe a carcajadas.

— ¡Lo sabía! Hoy sentí un pequeño temblor mientras caminaba por mi casa— Se burla.

— ¿Por qué dices que lo has empeorado, Belle? —Esta vez es Joe el que pregunta.

—Cuando salí de casa me perdí y llamé a David, media hora después Matthew vio que nos estábamos abrazando.

— ¿¡Qué!? —chilla Ana, David tampoco es su persona favorita en el mundo.

—Lo sé, la he cagado—admito con disgusto.

—Vaya, Belle, jamás te había escuchado decir tantos tacos en lo que llevo de conocerte. —Se mofa Joe.

— ¿Por qué llorabas? —pregunta Ana, esta vez sin burlarse.

—Recibí un correo de mi padre, me ha conmovido y David... David sólo quiso ayudarme pero fue una mala idea, ni siquiera me di cuenta cuando me estaba abrazando hasta que Matthew nos sorprendió.

—Oh, mierda—Dice Ana viendo detrás de mí. —Ahí viene el rey de Roma.

— ¿Le has llamado?—murmuro a Joe

—Me lo agradecerán—admite con esa sonrisa que enamora a Ana.

—Matt, amigo qué bueno que has llegado, he pedido por ti, espero que no te importe. —dice Joe con una sonrisa traicionera.

Escucho que Matthew suelta un suspiro y me hago a un lado para que se siente. El corazón se me va a salir por la boca, es nuestra primera pelea de novios, en los ocho meses que llevamos juntos, nunca habíamos peleado, para sorpresa de todos.

No digo nada y él tampoco. A regañadientes se sienta a mi lado y siento su aroma invadir mi interior. Maldigo para mis adentros, ese aroma me vuelve loca.

Ana y Joe intercambian miradas y luego nos ven como si alguien estuviese jugando tenis.

El mesero llega de nuevo con nuestra orden y no lo veo, en cambio Matthew hincha su pecho al ver que el mesero no quita su mirada de mí.

Oh, Demonios celosos, ¡fuera de aquí!

—Increíble—suelta Matthew. Por su tono de voz no es para darle crédito a algo.

Quisiera callarlo a besos, pero sé que me rechazará a la primera así que me contengo.

Su teléfono empieza a sonar y él lo ve por unos segundos y contesta:

—Hola—Responde a secas. —Lo sé... ¿A qué hora?... pasaré por ti... no fue una pregunta, es un hecho... bien... también te quiero.

¿Qué fue eso? Mi voz interior está celosa.

Ana arruga su frente y me ve, yo me encojo de hombros y juego con mi ensalada.

El ambiente es incómodo y le pido permiso para salir al tocador, sin decir nada se levanta y me deja libre el paso.

Me voy al tocador y lavo mi cara para aclararme las ideas y respirar grandes bocanadas de aire para regresar al lado del frío cuervo que tengo por novio.

Al regresar a la mesa una chica está saludándolo y él le sonríe de forma coqueta. No digo nada y vuelvo a sentarme. Ana y Joe hablan sobre sus clases y yo estoy como una idiota siendo ignorada por su novio mientras él coquetea sabrá Dios con quién.

Cuando el mesero regresa para asegurarse que todo marche bien, la voz vengativa de mi interior empieza a jugar.

—Todo bien, gracias, cariño. —contesto sonriéndole. Él se sonroja y me regresa la mirada.

Joe y Ana al escucharme decirle «*cariño*» dejan de hablar y me ven con los ojos bien abiertos, mientras que Matthew ha dejado ignorada su amiga rubia y aniquila con la mirada al mesero.

Mi cuervo se despide de la rubia y ella le entrega un papel. Él sonriéndole con sus grandes ojos traicioneros de color ceniza, guarda el papel en el bolsillo de su pantalón.

¿Qué demonios?

— ¿Joe? —Mi voz rompe el silencio— ¿Puedes llevarme a casa de los Henderson?

—Umm... Cl...Claro—tartamudea nervioso.

—No vas a ir a ninguna parte—gruñe Matthew pero después de verlo coquetear con esa chica, lo ignoro.

— ¿Me has entendido? —Vuelve a gruñir.

—Perfectamente—contesto tajante y sin verlo: —Y tú no estás en condición de prohibirme nada.

—Mierda—murmura—Perfecto, como quieras, Elena.

Se levanta y deja caer unos billetes en la mesa y se va sin decir más.

— ¿Te has vuelto loca, Belle? — Me espeta Joe.

— ¿Lo has visto cómo coqueteaba con esa rubia?

— ¿Y tú te has visto cómo coqueteabas con el mesero y ahora quieres ir donde David? —esta vez es Ana.

—Tengo que ir, solamente me presentaré a felicitar a los chicos, es lo menos que puedo hacer. — dejo caer los hombros derrotada.

—Cuando Matt se entere, se volverá loco.

—Él se está volviendo loco solito. —Niego con la cabeza.

Después de comprar los presentes para los chicos con Ana, le pedí que me acompañara a la fiesta para que Matthew estuviese un poco más tranquilo. Al llegar a la casa de los Henderson, felicito a Mike y Katie, se ven tan hermosos con su ropa formal. La fiesta está llena de niños de su edad. No veo cuál es el problema de haber venido.

—Belle, qué bueno que pudiste venir—Me abraza la Sra. Henderson.

—Gracias por invitarme, espero no le moleste pero he venido en compañía de mi amiga Ariana. Ariana te presento a la Sra. Henderson.

—Mucho gusto señora, su casa es preciosa. —sonríe Ana, sé que no quería venir y mucho menos ver a David, que por cierto no lo he visto.

—Están en su casa chicas, me alegro que hayan podido venir.

Media hora después David me sorprende con su atuendo formal, se ve tan guapo y Ana se queda viéndolo de pies a cabeza, jamás lo había visto vistiendo así.

—Isabelle, qué alegría que pudieras venir—Ve a mi amiga y asiente: —Ana.

Ambos se odian en el interior.

—David—Lo fulmina con la mirada—Te ves bien, no sabía que habían trajes de tu talla.

—Bueno, bueno, ya basta. —los reprendo.

Al momento de partir el pastel y cantar feliz cumpleaños con una docena de niños y adolescentes. Me despido de los chicos y de la Sra. Henderson, al Sr. Henderson no lo vi por ningún lugar y eso me partió el corazón. Me despedí de David con un apretón de manos y Ana le hizo una mueca de disgusto.

—No ha sido tan malo ¿No? — le digo a Ana mientras caminamos por la calle.

—La verdad es que no, me sorprendió que David no intentara meter su lengua en tu boca.

— ¡Ana! —la reprendo y ella se ríe.

—Ahora falta enfrentar al señor Reed. — resoplo.

—Ya se le pasará, Joe dice que nunca lo había visto así y que no es una persona orgullosa.

Digan lo que digan lo que hizo Matthew estuvo mal, todavía me pregunto de quién fue esa llamada. Pero no voy a hacer ninguna pregunta y si el señor quiere ignorarme haré también lo mismo. Intenté hablar con él para disculparme y lo único que ha hecho es hacerme enfadar.

Mientras caminamos, la luna empieza asomarse y nosotras reímos a todo pulmón mientras escucho los malos chistes de Ana para agradarme antes de llegar a casa.

De repente se escuchan pasos detrás de nosotras y Ana se asusta.

—No voltees, caminemos más rápido— susurra Ana tomándome de la mano.

—Alto ahí—murmura alguien detrás de nosotras y nos detenemos al sentir una fría oleada seguida de un nauseabundo olor a humo.

Dos hombres se detienen enfrente de nosotras y mis ojos recorren su rostro y se detienen en las navajas que llevan en sus manos.

Oh, Mi Dios.

Ana aprieta mi mano y yo la sostengo con fuerza.

— ¿Por qué tan solitas? —musita uno de ellos y no respondemos.

—Quiero todo lo que llevan—pide el segundo de ellos.

Ana empieza a desprenderse de sus joyas y les tira la cartera. Yo me quedo helada y empiezo a hacer lo mismo. Ellos sonríen y toman nuestras pertenencias. Pero uno de ellos se acerca a mí, demasiado.

—¿Qué es eso que llevas ahí? —dice señalando mi cuello.

El colgante de oro blanco que me regaló Matthew para mi cumpleaños.

Ni muerta se las daré. Refunfuña asustada la voz en mi interior.

—Nada—farfullo nerviosa.

— ¡Quítatela! —grita y brinco.

—Belle...—susurra Ana a punto de llorar.

— ¡No! —grito y me sorprendo de no tenerles miedo.

Él hombre número uno toma a Ana para impedirle que me toque y el segundo sujeto me toma a la fuerza y empieza a tocarme para quitarme el colgante, forcejeamos juntos y siento que me lastima con su agarre y golpea una de mis costillas. Escucho la sirena de una patrulla que anda cerca, y los sujetos salen corriendo, dejando todas nuestras pertenencias intactas.

— ¿¡Señoritas están bien!? —pregunta el oficial.

Cuando Ana les dice que sí, me dejo caer en el suelo al sentir el ardor de la herida en mi brazo.

— ¡Dios mío, Belle! —chilla Ana.

El oficial me agarra del brazo y con ayuda de Ana me ayudan a entrar a la patrulla. En cuestión de segundos estamos en la sala de emergencias.

La herida no ha sido grave comparado con las magulladuras que el delincuente ha dejado en mis brazos, muñecas y costillas. Ana llora desconsolada y nerviosa cuando me ve.

—Le he hablado a los chicos, estarán aquí rápido—solloza Ana.

Estar en el hospital me trae malos recuerdos y empiezo a ponerme nerviosa y entrar en un estado trance muy familiar.

— ¿Señorita? —pregunta le enfermera— ¿Se encuentra bien?

—Ana, sácame de aquí o te juro por Dios que me volveré loca—Le advierto desesperada.

En mi momento de desesperación la enfermera ha vendado mi brazo y me pongo la chaqueta. Escucho los sollozos de Ana que está con Joe y me mantengo fuerte para no preocupar más a nadie y me levanto de la camilla.

— ¡Cielo santo, Belle! —grita Joe cuando me ve.

— ¿¡Dónde está!? —escucho la voz desesperada de Matthew aproximándose.

Se abren las cortinas y Matthew tiene una expresión que nunca había visto, sus ojos están inyectados de un color rojo y su mandíbula está tensa, seguido de sus temblorosas manos.

—Estoy bien—murmuro sonriéndole.

Él se acerca y me aprieta a su pecho, puedo escuchar el latido fuerte de su corazón.

—Elena, nena… —susurra en mi cabello, busca mis ojos que están a punto de llorar — dime algo.

—Sácame de aquí—susurro y me echo a llorar.

Me doy una ducha mientras Matthew prepara la cama. Ana está con Joe, la pobre todavía sigue alterada y agradezco a esos delincuentes que no la hayan lastimado como a mí. Evito verme al espejo, me meto a la ducha y lavo todo mi cuerpo como si quitara cada huella de las manos de los mal nacidos que nos quisieron robar. Mi brazo todavía me arde y todo el cuerpo me duele pero intento mantenerme fuerte.

— ¿Mariposa? —llama Matthew a la puerta.

Me pongo un pijama que cubre todo mi cuerpo y salgo del baño. Matthew me observa y vuelve a abrazarme.

—Estás temblando, mariposa.

Me meto a la cama y me hago un ovillo. Matthew cubre mi cuerpo con una suave sábana y escucho que tocan la puerta.

— ¿Hay algo que pueda hacer? —se ofrece Joe en compañía de Ana.

—Estamos bien, Joe gracias. ¿Ana cómo te sientes? —pregunta Matthew.

—Estoy bien—responde con los ojos llenos de lágrimas—Ha sido la peor experiencia de toda mi vida. —admite.

Mis ojos están viendo un punto fijo y no digo nada, no quiero hablar. Joe y Ana vuelven a salir de la habitación y Matthew se acuesta a mi lado. Me abraza con mucho cuidado de no lastimar mi brazo y escucho que maldice en voz baja.

—Elena, por favor, dime algo. —ruega en mi cuello.

Me derrumbo y empiezo a llorar. Todo en mi vida me ha sido arrebatado. Pero no permití que se llevaran algo que significaba mucho para mí.

El regalo de Matthew.

—No se los permití—susurro.

— ¿El qué no les permitiste? —pregunta detrás de mí, rodeándome con sus fuertes brazos.

—No les di tu regalo. Ellos lo querían pero no se los di. —sollozo: — No se los di, no se los di...

—Por Dios, Elena, ven aquí. —me desplomo en su pecho y lloro con más fuerza. Es lo que necesito, estar entre sus brazos nuevamente.

Me he sentido una idiota durante todo el día y temí que si permitía que se llevaran su regalo, una vez más estaría fallándole.

—No quería hacerte sentir mal otra vez.

—Elena, tu vida es más importante para mí, que cualquier regalo. —me besa en los labios.

—Hoy te he lastimado demasiado, no quería seguirte decepcionando—confieso.

—Mírame, Elena—Me pide y lo veo: —Tú nunca me has decepcionado y sé que nunca lo harás. Perdóname, por favor. Si yo hubiese estado contigo...

—No, Matthew. —lo detengo—No es tu culpa, fue culpa mía por enfrentarlos, si hubiesen querido lastimarnos, lo habrían hecho con las dos.

—Sentí que ardía en el infierno lentamente cuando Ana nos llamó. Sí algo peor te hubiese pasado, Elena yo... Yo moriría por ti, no sin antes matar al que intente arrancarte de mi vida.

Oh, Matthew.

—No hables así, por favor. Ignorar las consecuencias de los propios actos, eso es el infierno. — Toco su rostro y su barba incipiente— Estoy bien, mírame, estoy bien.

—Te amo tanto, Elena. —Se me llenan los ojos de lágrimas otra vez al escuchar sus desesperadas palabras: —Te amo y pienso ser yo el que te proteja de cualquier infierno que intente acercarse a ti.

Me aferro a su pecho y él coloca una mano en mi cintura, cierro los ojos y me dejo caer en un profundo sueño.

—*Cada vez estoy más cerca de ti y no te das cuenta, mi pequeña Isabelle.*

—*Jamás te acercarás de nuevo a mí, Bennett, primero muerta.*

—*Ten cuidado con lo que dices, se puede hacer realidad.*

Seguí respirando. El infierno debía de estar lleno esa noche.

Despierto de un brinco y estoy sola en la cama empapada de mis lágrimas. Toco el lado de la cama y está fría.

¿Dónde está mi novio?

Bajo las escaleras, y veo que todavía está oscuro pero ya es de madrugada. No

encuentro a Matthew por ningún lado.
Hasta que escucho un ruido en el jardín.
Me acerco y ahí está él. Debajo del árbol
jacaranda.

Me acercó sin hacer ruido y me detengo
al escuchar su voz:

—Mi corazón sabe cuando estás cerca,
Elena.

—Mi cuerpo y mi mente saben cuándo no
estás—lo sigo y me acerco para sentarme
en su regazo.

— Mariposa, estás llorando —Dice
asustado y limpia mis lágrimas con sus
pulgares— ¿Qué pasa, te sientes mal?

—Tuve una pesadilla, desperté y no
estabas ahí. ¿Qué haces aquí?

—Lo siento—besa mi coronilla—No podía
dormir, el árbol me da tranquilidad.

— ¿Y mis brazos no? —me quejo.

—Tú me das paz —besa mis labios y
siento el sabor a cigarro.

—Parece que no sólo el árbol te da
tranquilidad, Matthew—lo reprendo.

Él solamente fuma cuando algo le
preocupa, cuando está molesto y ansioso.
Todos los males los acumula en una
calada de cigarro.

—Lo siento, es un mal hábito, te prometo que algún día lo dejaré.

Algún día.

—Estás en un pequeño paraíso y estás fumando.

—Iría al paraíso, pero con mi infierno; solo, no.

—Mi madre decía que es perfectamente obvio que el mundo entero se va al infierno. La única oportunidad posible es que procuremos que no sea así.

—Tu madre era una santa—me besa en la mejilla y sonrío.

—Eso decía mi padre, que era la «*Santa Ana*», la abuela de *Jesús*.

—Es la primera vez que me hablas de ellos sonriendo.

—Nada es para siempre, no puedo odiar a mi padre por más que lo intente.

—Joe dijo que habías recibido un correo de él que por eso llorabas en la universidad cuando el bui... David te abrazó.

—Fue un correo muy conmovedor, te lo mostraré, ven conmigo. —Lo tomo de las manos.

—Mariposa, estás helada— me carga entre sus brazos y me lleva hasta el interior de la casa, sube las escaleras conmigo y me deja sobre la cama.

Le doy el celular para que lea el correo de mi padre y lo observo cómo frunce el cejo mientras lo lee. Puedo verlo eternamente cuando hace eso, cuando se concentra parece mayor y es difícil poder descifrarlo.

— ¿Vas a responder? —pregunta devolviéndome el celular y me encojo de hombros.

—Tu padre no es mi persona favorita en el mundo en estos momentos, pero es tu padre, me gustaría que le respondieras. No para concretar una cena de padre e hija porque sé que no estás preparada todavía, pero merece que le des otra oportunidad.

Tiene razón.

—Sólo si tú me ayudas.

— ¿Dime cómo puedo ayudarte, mariposa?

Se me llenan los ojos de lágrimas.

—Abrázame mientras le escribo.

Me abraza y me consuela dándome un largo beso en los labios. Se acuesta a mi

lado yo apoyo mi espalda en su pecho,
respiro hondo y doy responder:

Estimado Sr. Jones:

**He decidido responder, ya que es lo que mi madre
hubiese querido, eres mi padre después de todo y
aunque las cosas entre nosotros dos no hayan
terminado bien, te he perdonado. Pero dame un
poco de tiempo, un paso a la vez.
Espero te encuentres bien y gracias por las
fotografías y las cartas de mi madre.
Tienes razón, hay alguien que cuida de mí, su
nombre es Matthew Reed. Ojala algún día lo
conozcas, pero en estos momentos necesito
tiempo. Tú perdiste a tu esposa pero yo perdí a mi
madre, ambos necesitamos tiempo para pensar y
sanar.**

**Cuídate mucho,
E. Isabelle J.**

Apago mi teléfono y me quiebro en llanto
en brazos de mi novio. Mi vida, mi todo.

—Buenos días, mariposa—abro los ojos y
un par de ojos brillantes color ceniza me
saludan.

—Buenos días, Matthew.

— ¿Cómo te encuentras hoy?

—Adolorida, pero feliz de poder ver tus ojos una vez más.

—*Los que sueñan de día son conscientes de muchas cosas que escapan a los que sueñan sólo de noche.*[6]

—Sigue hablándome así y no conseguirás que me levante de la cama. —sonríe y me da un beso soñoliento en los labios, ya me he acostumbrado a que me bese sin haberme cepillado los dientes, al principio era la primera en despertar para hacerlo y él se reía cada vez que lo hacía, hasta que me di por vencida.

Me levanto de la cama haciendo una mueca del dolor y Matthew se da cuenta.

—Te ayudaré—Me ayuda a entrar al baño y me desnuda.

Me ruborizo.

—A estas alturas debes acostumbrarte a que cuide de ti, mariposa.

—Es difícil acostumbrarme a que mi guapo y sexy novio me desnude.

La suave mirada se esfuma y sus ojos recorren mi cuerpo desnudo, la mandíbula se le tensa haciendo rechinar sus dientes y veo su pecho bajar y subir con rapidez.

---

[6] «El Gato Negro» E. A. Poe.

— ¿Qué pasa? —pregunto tomando su rostro.

No responde y me veo al espejo.

Se me encoje en estomago al ver moretones por todo mi cuerpo, en mis muñecas, en mi brazo junto con la herida vendada y el gran golpe en mis costillas y varios aruñones en mi pecho.

Oh, mi Dios.

—Matthew, mírame—Toco su rostro para que me mire—Estoy bien. —intento sonreír, pero no lo consigo del todo.

—Es mi culpa— me abraza con cuidado para no lastimarme.

—No es tu culpa, deja de culparte, por favor.

—Fallé, Elena—respira con dificultad— Fallé al protegerte.

—No fallaste, ¿Cómo ibas a saberlo? ¿Cómo iba yo a saberlo? —se me quiebra la voz. —Estoy aquí contigo, entera. Te amo.

No puedo hacer nada para que no se culpe, es tan terco como yo, pero que se sienta culpable me rompe el corazón.

—Entra a la ducha conmigo, por favor, no quiero dejar de sentir el calor de tu cuerpo. —le ordeno y esta vez soy yo la que lo desnuda.

Al salir de la ducha, Matthew me ayuda a vestirme y peina mi cabello, mientras lo hace lo observo por el espejo, sus manos grandes siempre son delicadas cuando me toca.

—Me enamoraría más de ti en este momento si fuese posible. Tendría mil corazones más dentro de mi pecho para amarte el doble, el triple de lo que ya te amo. —Mis palabras lo hacen sonreír y regresa el brillo en sus ojos.

—Mi amor...Mi fe...los he instalado en tu corazón, y mis miedos han salido huyendo desde que tu amor se instaló en el mío, Elena. Te amo, a pesar de todo.

A pesar de todo.

Es fin de semana y mientras estoy desayunando escucho el timbre de la puerta. Me acerco a la puerta y una señora de cabello marrón canoso me sonríe, tiene ojos verdes y le devuelvo la sonrisa.

—Buenos días, ¿En qué puedo ayudarla?

—Buenos días, Cariño, pues no sé si aquí es donde vive el ingrato de mi hijo que olvidó pasar por mí al aeropuerto.

— ¿Joe? —pregunto.

—No, querida, el ingrato de mi hijo,
Matthew.

Oh, Dios santo, mi suegra.

— ¿Usted es la madre de Matthew? —
pregunto ruborizada y ella asiente
sonriéndome.

*Oh, dioses de las suegras (Si es que
existen) ayúdenme a que mi suegra me
quiera como su «ingrato» hijo.*

—Es un placer conocerla, por favor
déjeme ayudarla con la maleta.

—Oh, no querida deja que Matthew se
encargue de eso. ¿Dónde está? ¡Ahí estás!
—grita a Matthew que está detrás de mí.

—Mamá, lo siento mucho, olvidé ir por ti
al aeropuerto. —la abraza y mi corazón
salta de alegría al verlo con su madre.

—Así parece, bastante extrañas a tu
madre, tú mismo me dijiste ayer que
pasarías por mí. ¡Fue un hecho tuyo! —le
gruñe.

Recuerdo la llamada en el restaurante
mientras almorzábamos. De pronto me
siento culpable por haber dudado de él y
coquetear con el mesero.

—Ven, déjame presentarte a mi novia. —
Me ofrece su mano.

— ¡Ya era hora! —chilla, ya había escuchado esa expresión antes.

—No sabía que la bella joven que quiso ayudarme con la maleta, que por cierto ése es trabajo tuyo, fuese tu novia. — Matthew pone los ojos en blanco.

—Mamá, ella es Elena Jones, mi novia.

—Es un placer conocerla Sra. Reed.

—Oh, no querida, por favor llámame Verónica. —Me abraza y besa mi mejilla.

—Ahora, tú—Le gruñe a su hijo: — Ve por mi maleta mientras yo platico con tu novia.

— ¿Le puedo ofrecer algo de tomar, Verónica?

—Un poco de agua, por favor.

Mientras ella se sienta le sirvo un vaso con agua y ella me sonríe, me ve con curiosidad pero es agradable, mientras que yo estoy nerviosa por lo que piense de mí ahora que sabe que vivo en la misma casa de su hijo.

—Respira, cariño, no soy una madre gruñona, Matthew sacó lo gruñón a su padre no a mí.

Rio por su comentario tan sincero, mientras que Matthew resopla al escucharla y lleva las maletas hacía arriba.

—Mi hijo me ha hablado de ti—confiesa— Tengo que darte las gracias. —Su voz se quiebra. —Desde que su padre murió nunca lo había escuchado tan feliz y ahora que lo miro ha vuelto a sonreír, la misma sonrisa de su padre, la misma que me enamoró y seguramente te enamoró a ti.

Oh, Verónica.

—No fue un amor a primera vista, debo confesar. Pero es amor. Me ha rescatado así como yo quiero hacerlo con él.

—Elena—toca mi mano—tú ya lo rescataste ¿No te das cuenta? Eres la primera chica de la que me habla, sus hermanos querrán conocerte y espero que los conozcas en la graduación de Matthew.

Pensar de nuevo en ello hace que mi sonrisa se desvanezca.

—No te preocupes, él no se alejará de ti— dice como si leyera mi mente.

—Ahora cuéntame ¿A qué te dedicas y qué hace una chica como tú viviendo sola?

Oh, qué pena.

—Desde que mi madre murió decidí dar un cambio en mi vida, así que lo hice, mi padre vive en Washington, soy hija única y estoy cumpliendo el sueño de mi madre.

—Lamento mucho lo de tu madre, debió ser muy duro para ti como lo fue para Matthew ¿Qué edad tenías?

—Iba a cumplir diecisiete. Gané una beca, y decidí seguir la carrera de mi madre, quiero seguir sus pasos aunque ella no pudo ser profesora, se casó con mi padre y después se dedicó a cuidar de mí.

— ¿Cómo es la relación con tu padre? — pregunta y yo suspiro.

—Lo siento, no debí preguntar.

—Después de la muerte de mi madre, mi padre y yo no pudimos aguantar tanto dolor, nos distanciamos pero estoy intentando sanar al igual que él.

—Nunca es tarde, cariño, es difícil, pero no imposible, tienes suerte de tener a uno de ellos vivo todavía para ver que tus sueños se hagan realidad. La muerte no avisa y es mejor aprovechar cada momento. Dímelo a mí, he decidido comprar una casa en *Crest Hill* a una hora de aquí, todos necesitamos un cambio, incluso los viejos.

Ambas sonreímos. La madre de Matthew me recuerda a mi madre, tiene las palabras correctas, él es afortunado.

—Matthew también creció en Washington, supongo que te lo dijo.

Niego con la cabeza.

—Bueno, no importa, lo importante es que ahora estaré más cerca, mis hijos vivirán conmigo mientras se instalan en la universidad y yo por fin descansaré de ellos. —bromea.

—No creas nada de lo que te diga Verónica, Elena—nos sorprende Matthew regresando a la cocina. —Mamá, dormirás en mi habitación, es más cómodo y yo dormiré en la de huéspedes. —me atraganto al recordar que dicha habitación es la de *sexo*.

— ¿Estás bien, cariño?

—Sí—aclaro mi garganta.

—Bien, me daré una ducha y espero que tu habitación sea decente Matthew Reed.

Cuando la madre de Matthew sube las escaleras, yo lo fulmino con la mirada.

— ¿Estás loco si piensas dormir en esa habitación, Matthew Reed?

—Veo que mi madre y tú se llevarán bien. Tienen el mismo tono de voz cuando me llaman por mi nombre y apellido— se burla.

—Deja que tu madre duerma en mi habitación— le ordeno. —yo dormiré en la sala.

—Nadie ha dormido en esa habitación en casi nueve meses, mariposa.

—No me importa, es la habitación del *sexo*, ya es tiempo de que te encargues de ella y quemes esa cama.

Ríe a carcajadas. Pero yo no.

—Te prometo que la haré un despacho para que ambos podamos estudiar y trabajar.

—Bien, entonces dile a tu madre que dormirá en mi habitación y yo en la sala, no se diga más.

—No dormirás aquí, dormirás conmigo.

— ¡Matthew Reed, estás loco si piensas que dormiré contigo!, ¿Qué va a decir tu madre? — me llevo las manos a la cintura.

—Que están enamorados y no pueden estar lejos del otro—dice la voz de Verónica bajando las escaleras.

Oh, trágame tierra.

—Tranquila, querida, después de escuchar que una de esas habitaciones existe aquí, aceptaré tu dormitorio y tú— señala a Matthew—qué vergüenza que tengas una habitación para hacer cochinadas —sonríe y yo me sonrojo.

—Qué pena, Verónica, prepararé la habitación para ti por si deseas tomar una siesta.

—Gracias, querida. Realmente lo necesito.

Después de preparar la habitación para Verónica, saqué un par de libros para leer en el jardín. Que la madre de Matthew estuviese en la casa me llenaba de alegría, era lo que Matthew ha necesitado todo este tiempo y me siento dichosa de poder ser parte de ello.

En los casi nueve meses que llevo a su lado no sabía que él hablaba de mí con su madre, y no puedo esperar para conocer a sus hermanos.

—Mi corazón lo sabe, Matthew—Escucho sus pasos y su aroma al acercarse.

— ¿Qué haces? —pregunta dándome un beso en la cabeza.

—Leyendo un poco antes de empezar a estudiar para los exámenes finales.

— ¿Podemos hablar un momento? —me pide y siento la tensión en su voz.

— ¿Todo está bien? —Me preocupa la arruga en su frente, sólo se forma cuando algo le preocupa demasiado.

—No me he disculpado—admite cerrando sus ojos y apretando sus labios.

—Matthew, el asalto no fue culpa tuya...

—No es sobre eso, Elena. Es sobre nuestra pelea. Actué como un idiota celoso, sé que tus amigos son: Ana, Joe y David, es muy egoísta de mi parte tratar de alejarte de él.

Eso no me lo esperaba.

—Matthew, David sigue enamorado de mí—le confieso y prosigo: —pero él respeta nuestra relación, y lo del abrazo, ni siquiera me di cuenta cuando pasó, él solamente intentaba ayudarme, sabes que yo jamás haría algo para lastimarme.

—Lo sé, pero el juego de dar celos no me gustó para nada, nunca habíamos discutido y jamás te había visto coquetear de esa forma con nadie y mucho menos con el mismo mesero de la primera vez. —Hace un gesto de disgusto.

Rio para mis adentros, eso fue muy inmaduro de mi parte.

—Tú también lo hiciste con esa rubia, hasta guardaste el teléfono de ella. —pongo los ojos en blanco.

Me da un beso en la punta de la nariz. —No era su número, era su dirección y no era para mí, era para mi hermano. Es una vieja conquista de él.

—Oh, te odio por eso, pensé que estabas aceptando su número.

—Mariposa, por muy enojado que esté, jamás me refugiaría en otros brazos que no sean los tuyos, nunca te haría daño de esa forma.

—Lo sé. Discúlpame por haber coqueteado con el mesero.

—Está disculpada, señorita. Ahora dime ¿Qué lees?

—*"Viaje al fin de la noche"*[7] ¿Lo has leído?

---

[7] Louis-Ferdinand Céline (1932-Francia)

—No, ¿De qué trata?

— Su protagonista, enrolado en un momento de estupidez en el ejército francés y asqueado en las trincheras de la Primera Guerra Mundial, decide desertar haciéndose pasar por loco, y un noviazgo con una estadounidense llamada Lola. Unas fiebres acaban con esa aventura y llega en un estado cercano a la esclavitud a Estados Unidos. Escapa en Nueva York, donde vive por un tiempo y se reencuentra con Lola, a quien extorsiona. Vuelve a viajar, esta vez a Detroit, donde crea una amistad con una prostituta norteamericana, pero vuelve a París y ejerce la medicina a pesar del asco que le da su clientela.

—Eso son muchos viajes—continúa opinando: —Suena interesante, yo me haría pasar por un loco, pero loco de amor por ti y jamás te extorsionaría. —Bromea y me planta un beso en los labios.

— ¿Cuál es tu libro favorito? —Le pregunto.

—Nadie me había preguntado eso y dudo que quieras saberlo.

—Sí quiero y cuando te diga cuál es el mío te reirás.

Lo piensa por un momento hasta que por fin contesta:

—Mi favorito es el primer libro de poemas de *Poe*, fueron sus primeras inspiraciones y aunque no muchos puedan entenderlas, para mí es muy simple e interesante, todo su trabajo lo es.

Tamerlane and Other Poems. Ahora con más razón sigue siendo un tesoro para mí.

—Ahora dime ¿Cuál es el tuyo?

—*"Las metamorfosis"*[8] —suelta una carcajada—Lo sé, ríete, pero es mi libro favorito y no precisamente porque me llames *mariposa*.

—Mariposa, el libro es hermoso, lo he leído.

—No te creo—desvió la mirada resentida.

—Preciosa, lo he leído—insiste: — Es un poema en quince libros que narra la historia del mundo desde su creación hasta la edificación de *Julio César*, combinando con *libertad mitología* e historia. —Continúa y me encanta escucharlo: — *Las metamorfosis* inspiraron a múltiples artistas, como *Tiziano, Velázquez y Rubens*. El que no lo haya leído está loco.

---

[8] Ovidio (siglo I D.C. Imperio romano)

—Bien, te creo solamente porque eso último no lo sabía.

— ¿Ves? Te necesito y me necesitas, ambos hacemos un buen equipo. —me atrae hacia él y coloca mi cabeza sobre su pecho.

—Tu madre es una gran mujer, no sabía que ya le habías hablado de mí ¿Por qué no me dijiste que vendría?

—Bueno, no quería ponerte nerviosa y después de nuestra pelea hablé con ella, primero me llamó algo más que «*hijo ingrato*», luego dijo que no perdiera el tiempo con mi orgullo y mis celos, cuando intenté llamarte recibí la llamada donde decía que estaban en el hospital. Estaba tan preocupado por ti que no tenía cabeza para nada más y olvidé ir por ella al aeropuerto —Vagos recuerdos regresan a mi mente y sé que a él también y decido cambiar el tema.

— ¿Con ella hablabas en el restaurante? —Pregunto y asiente. —Se mudará a una hora de aquí con tus hermanos y no me dijiste que habías crecido en Washington.

—Pensé que te lo había dicho. Veo que tú y mi madre hablaron de muchas cosas— Se ríe.

—Algo así, me dio un buen consejo con el tema de mi padre, me recordó a mi madre, ella siempre tenía las palabras correctas, eres afortunado.

—Lo soy, desde que te conocí me he dado cuenta de ello, mariposa. Eres para mí lo que *Elena Whitman* era para *Poe* y más.

—*Salvo tú y yo*—recito parte de su poema.

—*Salvo tú y yo únicamente*—Termina.

Lo estoy salvando de su infierno y mientras estamos debajo de nuestro pequeño paraíso me recuerda al *niño de los ojos hermosos*, mi primer beso. No sé qué fue de él, pero espero que haya encontrado el amor así como lo encontré yo y sea un buen hombre, no como *él*, su tío Bennett.

El amor es algo complicado de entender y no trato de entenderlo, me dejo llevar por el gozo y el placer de la persona que amo y me ama y aunque nuestro futuro es incierto. De algo estoy segura y es que Matthew es lo mejor que me ha pasado en la vida, él no sabe, pero me salvó de mi propio infierno cuando él pensaba que estaba viviendo en un paraíso.

—Te amo, Matthew. Has cambiado mi vida y has dado rumbo a mi corazón. Amo nuestro pequeño paraíso.

—Para Adán el paraíso es donde estaba Eva. —Dice tomando mis manos con las suyas y me abraza más fuerte contra su pecho.

Observo las flores color lila del árbol y rio para mis adentros.

—Joe dijo que no cortaste el árbol por mí. ¿Por qué ibas a deshacerte de algo tan hermoso?

Aclara su garganta nervioso. —No tenía sentido para mí que estuviera aquí, hasta que tú lo apreciaste.

La verdad es que tiene razón, para mi padre tampoco tenía sentido, pero a pesar de que yo lo quería, a él no le importó cortarlo.

—Yo tenía un árbol de éstos en casa, pero mi padre lo derribó para construir una cava de vinos.

—Lo sé, lo vi en la fotografía de tu madre. Ella era hermosa, como tú.

—Extraño el árbol. ¿Puedo contarte un secreto?

—No sabía que habían secretos entre los dos—se queja bromeando.

—Te lo cuento si prometes no ponerte celoso. —advierto levantando la cabeza para verlo por encima de mi hombro.

—Te prometo que no me volveré loco, pero lo de celoso estoy trabajando en ello.

Eso me hace reír a carcajadas.

—Bien, debajo de uno de estos árboles fue mi primer beso. —No responde y prosigo: —Era un niño, un poco mayor creo, era más alto, tenía unos ojos hermosos, lo nombré: «*el niño de los ojos hermosos*», un día estaba llorando, mis padres habían discutido. ¿Estás bien? —pregunto antes de continuar y él asiente: —Bien, estaba tan triste pero fue algo casi mágico, él se acercó tocó mi rostro y me besó, fue un beso rápido pero perfecto, era una niña y la tristeza que sentí desapareció por completo. Su nombre era Adam.

— ¿Lo volviste a ver? —pregunta algo serio.

—No después de ese día, un familiar de él era amigo de mi padre, sólo vi a Adam dos veces y fue debajo de ese árbol.

—Fue un niño muy afortunado, quizás también fue su primer beso.

—Lo dudo, era un poco mayor, todavía me pregunto a qué vino ese beso, yo solamente tenía diez años.

— ¿Te enamoraste? —Su pregunta me sorprende, nunca lo había pensado.

—No lo sé, pero ha sido una de las cosas más maravillosas que me han pasado en la vida.

—Me alegro. —Su reacción me sorprende.

— ¿Dónde está mi novio celoso y posesivo? —me burlo.

—No voy a competir con un primer beso, mariposa. El tal Adam es un maldito afortunado.

—Tú eres mi «segundo primer beso».

— ¿Segundo primer beso? —pregunta casi riéndose.

—Sí, Adam fue un beso inocente. Y nuestro primer beso fue... explosivo, apasionado y arrebatado.

Suelta una gran carcajada.

—En ese caso, me alegro ser tu «*segundo primer beso,*» mariposa y no te olvides que también fue con amor, seguro en eso le gano a tu *niño de los ojos hermosos.*

᠙Ɛ73᠙

Durante la semana, estaba tan estresada por los exámenes finales que pasaba tardes enteras en el jardín y Matthew tenía que ir por mí cuando ya era hora de cenar, a regañadientes obedecía mientras que la madre de Matthew preparaba todos los días sus hermosos platillos y hacía algo especial vegano para mí.

Su estadía en la casa era por poco tiempo hasta que terminara la mudanza de ella y los hermanos de Matthew.

—Mariposa, ven a la cama, es casi media noche, has estado estudiando todo el día. —llama Matthew desde las escaleras.

—En un momento—murmuro sin quitar mis ojos de los tres libros que tengo en mi regazo.

—Elena, No fue una pregunta, es un hecho, ven a la cama.

Lo fulmino con la mirada, pero antes de que pueda parpadear lo tengo enfrente de mí quitando los libros de mis manos.

—Cuando haces mucho de lo que amas, terminas odiándolo, necesitas descansar.

Me toma de las manos y me lleva escalera arriba. Veo el ojo del cuervo que me saluda en su espalda y se mueve mientras él camina. Siempre es una obra de arte mirarlo. Su fresco aroma después de la ducha hace que mis entrañas se vuelvan locas.

Mientras Matthew prepara la cama, yo entro a la ducha, me quedo debajo del agua por largos minutos mientras mi piel se pone de gallina. Se me encoje el corazón en pensar que en unos días Matthew estará fuera de la universidad mientras que a mí todavía me falta un poco más de un año en terminar la licenciatura.

Empiezo a sentir las lágrimas en mis ojos en compañía del agua de la ducha. Salgo de la ducha y me envuelvo en una toalla. Permanezco sentada en la tapa del retrete mientras limpio mis lágrimas antes de salir pero se me escapa un sollozo.

— ¿Mariposa? —llama Matthew tocando la puerta.

—Salgo en un momento.

Respiro hondo y salgo del baño. Matthew está sentado en la orilla de la cama y me ve con el cejo fruncido.

— ¿Está todo bien? —pregunta.

—Sí, estoy un poco cansada. —Miento dándole la espalda mientras busco una camiseta de algodón para dormir.

Unas grandes manos me hacen brincar por su inesperado tacto y me vuelvo hacia él.

— ¿Por qué estás llorando, mariposa? —pregunta tocando mi barbilla para que lo vea a los ojos.

—No estoy llorando. —Mi voz quebrada me delata sin verlo a los ojos.

—Mariposa, mírame. —ordena con una suave voz.

No lo veo. No quiero que me mire así y se dé cuenta que soy débil y cobarde por no decirle lo que siento.

—Elena, mírame—Esta vez reclama y me obligo a levantar mi rostro para verlo.

— ¿Por qué lloras?

—Es por el cansancio. —me obligo a decir.

—No mientas, cuando alguien está cansado, descansa, no se esconde y llora.

Se me nublan los ojos de lágrimas y me tiro en sus brazos a llorar. Sollozo en su fuerte y marcado pecho y él me aprieta más a su cuerpo.

—Por Dios, Elena ¿Qué sucede?

—El año está por finalizar y tú... tú...—
Las palabras no salen, sollozo y me
quiebro.

Me carga en sus brazos y me lleva a la
cama junto con él, yo sigo aferrada a su
pecho empapado de mis lágrimas.

—Una vez te dije que jamás había
deseado tanto algo en mi vida y luchar
por ello para que me pertenezca—Su voz
rompe un largo silencio hasta que mi
llanto calma y prosigue: —El día llegó, el
mismo día que te instalaste en mi casa, lo
hiciste también en mi corazón, no voy a ir
a ningún lado sin ti. Te esperaré.

—No voy a permitir que desistas de tus
sueños por mi culpa, Matthew.

—Mi sueño siempre has sido tú,
mariposa.

—Sé que no puedo volar, pero hay
alguien que me hace sentir que lo puedo
hacer, y esa persona eres tú. Imaginarme
sin ti es como... como si regresara al
infierno. —susurro.

Lo último hace que me bese con ímpetu.
Me sorprende su reacción, es como si
quisiera hacerme entender que yo soy su
paraíso como lo es él para mí.

Me arrebata la toalla de un tirón y él se
baja los pantalones. Me llena de besos
por toda mi cara y cuerpo. El llanto y
miedo se transforman en un confortable
goce y grandes oleadas de deseo invaden
mi cuerpo.

—Mi vida no tenía sentido hasta que
llegaste tú, Elena. Eres el amor que me
da todas las fuerzas que necesito para
poder seguir adelante. Te amo mi amor,
más que a nada en este mundo.

Sin decir una palabra más lo siento
dentro de mí, haciéndome soltar un
fuerte jadeo y aprieto mis muslos en su
cadera y entierro mi lengua en su boca
con mucha necesidad.

Necesidad de él.

Necesidad de sus besos.

De tenerlo tan cerca siendo uno solo
mientras está íntimamente en mi cuerpo
con amor, con deseo, con exigencia.

Daría mi vida por él si fuese necesario,
sin que me lo pidiera, sin que se diera
cuenta, lo daría todo por él, por haberme
salvado, por protegerme y por amarme
como nunca pensé que alguien lo haría.

Haré que mi amor no olvide nunca, que
mi nombre permanezca en sus recuerdos
y se quede ahí para siempre. Dicen que el

amor con el tiempo muere, entonces haré que el tiempo se detenga y permanezcamos así para siempre, por la eternidad del pequeño paraíso que hemos construido juntos.

Ambos nos desplomamos...

Ya entendí.

No irá a ningún lugar.

Los días pasaron como olas en el mar, rápidas y violentas, así como suaves alcanzando el cielo, y al abrir mis ojos, ahí estaba él, mi novio, mis ojos color ceniza.

—Ha sido un placer conocerte, Elena—Me abraza la madre de Matthew.

—Fue un placer tenerte aquí con nosotros, Verónica, gracias por todo.

—Cuida bien de mi hijo, te necesita, ambos se necesitan.

—Creo que yo lo necesito más que él a mí.

—Te equivocas, te ama más allá de cualquier límite que un hombre se haya imaginado.

Matthew se acerca y abraza a su madre para despedirse.

—Te veré en la graduación, madre, haz que mis hermanos no hagan desastre en la nueva casa.

—Por supuesto, hijo—lo señala con el dedo—Más te vale que cuides a esta jovencita, como ellas ya no hay.

Me sonrojo y Matthew sonríe.

—Lo sé, madre. De eso estoy completamente seguro. —Me ve serio.

La madre de Matthew se va en el nuevo auto que Matthew ha comprado para ella. Me sorprendió mucho su reacción al rechazarlo la primera vez. Pensaba en que quizás la herencia la hacía recordar a su difunto esposo y que no quería que el auto le recordara que lo único que había quedado de él eran sus hijos y su dinero. Pero cuando me di cuenta que era el dinero de Matthew y no el de su padre sospeché, pero no podía hacer ninguna pregunta con su madre presente.

—Has estado callada toda la tarde ¿Pasa algo? —pregunta Matthew mientras estoy sentada en el jardín.

— ¿De dónde tienes tanto dinero? — pregunto. Directo al grano.

—Es... dinero de mi padre, quería comprarle un auto a mi madre desde hace algún tiempo. —Contesta nervioso.

Oh, Matthew Reed, mientes terrible.

—No era el dinero de tu padre. Tú no has tocado el dinero que tu padre te dejó. Según me contó Verónica la última vez. Tus hermanos sí por la universidad pero tú no ¿Por qué?

Permanece en silencio y evita verme a los ojos.

Algo no me cuadra.

—Lo siento por inmiscuirme así en tus cosas pero es algo que me preocupa, no quiero pensar que el dinero tiene que ver con el polígono. ¿O sí?

Pasa los dedos sobre su cabello y frunce el ceño.

— ¿O sí? —repito la pregunta con un tono más fuerte.

— ¿Importa? —me pregunta tajante.

— ¿Por qué Joe no ha comprado un auto para su madre también? Ambos son los dueños.

—Elena, Joe tiene sus razones de ahorrar, será abogado y hará su doctorado, yo siempre he ahorrado el dinero de las apuestas.

—Tu explicación no me convence, las apuestas son grandes pero no creo que sean demasiado para que tengas una casa como ésta, tu auto, el auto que acabas de comprarle a tu madre. —Una nueva duda viene a mi mente— ¿La casa también la compraste tú?

Oh, dioses del dinero, ayúdenme a que me dé una buena razón para que tenga tanto dinero.

—Matthew, ni siquiera has querido mi dinero de la renta, tú prácticamente te encargas de todo, no me pidas que te crea que el dinero es de tus apuestas.

—Está bien, Elena, te lo diré. —Me ve con dificultad y tengo miedo de lo que pueda escuchar.

—La casa es mía, la compré cuando empecé en el polígono, Joe ha sido amigo mío de toda la vida y empezamos a estudiar juntos así que le pedí que viviera aquí y que sólo se encargara de sus gastos personales. Lo del polígono es otra historia, las apuestas son altas, bastante altas y las ganancias del bar junto con...—hace una pausa obligándose a callar.

— ¿Junto con qué? —termino la frase por él.

—Joe no es mi socio—respira con dificultad—Yo soy el propietario del *polígono del infierno*.

— ¿Y me lo dices hasta ahora? Después de todo el tiempo que llevamos juntos, me dices hasta ahora que eres dueño de uno de los lugares más peligroso que he visto en mi vida y ni siquiera sabía que existía un lugar así.

—Cuando la gente pregunta tanto Joe como yo decimos que el dueño es su tío, Arthur, el que se encarga de las apuestas. El tío de Joe era amigo de mi padre.

—Nada de lo que dices tiene sentido para mí. —me cruzo de brazos. —Mientes en algo tan trivial. ¿Por qué?

—Es complicado, mariposa. Tú misma lo has dicho, el lugar es peligroso, no ando diciendo por ahí a todo el mundo que soy el dueño, soy estudiante de literatura, y quiero especializarme. Son dos mundos totalmente diferentes.

— ¿Por qué no lo dejas? ¿Por qué simplemente no lo conviertes en un restaurante, en un bar o algo menos estúpido como *tiro al blanco* y el *bar del infierno?*

No responde y se levanta enojado.

—Oh, no Matthew, no he terminado de hablar. Ven aquí y explícame ¿Qué más me has ocultado?

— ¡Nada, absolutamente nada, Elena! — grita exasperado.

— ¡No me grites! —Le exijo con el mismo tono de voz.

Agarro mis cuadernos y me voy hecha una chispa hacia el interior de la casa, dejándolo gritando mi nombre detrás de mí. Él nunca me había gritado, no entiendo su actitud. Debería ser yo la que esté molesta por sus mentiras, pero era de esperarse.

Cada día conozco algo nuevo de él.

❧Ɛ83❧

— ¡Ven aquí, Elena!

— ¡No!

— ¡No fue una pregunta!

— ¡Vete al demonio con tus hechos y tus órdenes, Matthew Reed!

El caos se ha convertido en un infierno dentro de la casa con los gritos de los dos. Joe sale de su habitación en compañía de Ana. Ambos se quedan viéndonos extrañados, jamás habíamos peleado de esta manera.

— ¿Qué pasa con ustedes? —Pregunta Ana acercándose.

—Nada—respondo cortante.

Subo las escaleras de prisa, mientras siento que Matthew viene detrás de mí. Camino hacia mi habitación y cierro la puerta con llave, impidiéndole la entrada.

—Abre la puerta, Elena. —Dice al otro lado, sé que está enfadado pero no me importa.

No respondo y me tumbo en la cama con mi rabia. Ni siquiera quiero llorar, solamente necesito estar lejos de él.

Permanezco unos minutos en silencio y cierro mis ojos. Espero calmarme al igual que él antes de decir algo de lo que después nos podamos arrepentir.

Despierto a la media noche, he dormido casi toda la tarde y me salté las comidas. Me entran las ganas de llorar al ver que a mi lado no está Matthew. Me levanto y voy al baño, miro mi rostro, he vuelto a llorar dormida. Me doy una ducha y me dejo caer de nuevo en la cama. Escucho el sonido de un mensaje en mi teléfono.

Lo siento.

Mathew

El corazón se me hace pequeño y antes de poder responder recibo otro mensaje:

Te amo, déjame entrar.

Matthew.

Me acerco a la puerta y respiro hondo antes de abrir. Lo veo sentado en el pasillo.

— ¿Qué haces ahí en el suelo? — pregunto nerviosa.

—He estado aquí desde que cerraste con llave, esperaba que salieras pero no lo hacías.

— ¿Y si yo hubiese salido hasta el siguiente día? —Lo estoy torturando.

—No me importa, igual te esperaría aquí sentado. Dormiría aquí en el pasillo, esperando por ti.

Dejo caer mis hombros. Odio discutir. Esta vez no ha sido nada agradable. Lo veo sentado y por su cara puedo ver que tampoco la ha pasado bien, pero no quiero llegar hasta el límite de perder la confianza en él. En todo este tiempo que hemos estado juntos no pensé que me ocultara nada, después de que le conté todo lo de mi pasado pensé que confiaba lo suficiente en mí.

Regreso a la cama dejando la puerta abierta. Mi rendido cuervo se levanta y me sigue. Me observa sin decir nada cuando el silencio se corta al escuchar al sonar la canción.

Will you still love me tomorrow de *Amy Winehouse* me hace suspirar mientras Matthew me observa ponerme las gafas y tomar un libro de mi escritorio.

I'd like to know that your love

Is love I can be sure of?

So tell me now, cause I won't ask again

Will you still love me tomorrow?

Me gustó haber conocido tu amor

Es un amor del cual puedo estar segura

Así que dime cómo, porque no quiero preguntar de nuevo

¿Me seguirás amando mañana?

—Todos los días de mi vida.

— ¿Todos los días de tu vida qué? — pregunto confusa después de lo que acaba de decir.

—Te amaré todos los días de mi vida. Es la respuesta a la canción que escuchas.

Odio que me vea llorar, pero sus palabras me llenan y hacen que rompa en llanto. Ambos nos hemos gritado y yo le he faltado el respeto de nuevo.

— ¿Puedo tocarte? —Pregunta acercándose como si se tratase de algo imposible.

Asiento y al segundo siguiente me tiene entre sus brazos y pegada en su pecho.

Acaricia y besa mi cabello. Su manera de disculparse me mata, cuando estoy junto a él nada existe y no puedo mantener mi orgullo por mucho tiempo.

Lo necesito más que respirar.

—Lo lamento—susurra—Lamento mucho que tuviera que llegar a levantar mi voz, soy un idiota.

—Entonces ya somos dos idiotas, yo también te grité y te mandé al demonio. —Mi disculpa le hace gracia y sonríe.

—Mariposa, que me grites o insultes no me duele tanto como lo que yo hice.

Me siento en la orilla de la cama junto con él y ambos nos miramos cara a cara, su cejo fruncido me preocupa. Algo me dice que hay algo más, pero le daré el beneficio de la duda. Dejaré que sea él el que se abra para mí.

—Debí decirte, lo creas o no, también te estaba protegiendo.

—Para protegerme no es necesario que mientas, Matthew. Lo único que haces es que me aleje de ti.

—No volveré a hacerlo, te lo prometo. Lo siento por haberte gritado.

—Señor Reed, se disculpa demasiado. —me burlo y sonríe de nuevo, ha regresado esa sonrisa que hace que todos mis miedos desaparezcan.

—Demasiado es una palabra pequeña a lo que estoy dispuesto a hacer por ti.

—Eres mi aire, mi corazón, mi media naranja, mi vida mi todo. —Le digo con hilo de voz y con toda la sinceridad de mi corazón.

—Oh, mariposa. No soy tu media naranja. —Dice—Soy tu fruto prohibido.

—En ese caso, estoy dispuesta a pecar por el resto de mi vida.

No quería perder el tiempo enojándome con él. No podría vivir sin él, sin su aliento, sin sus besos y sin su cuerpo junto al mío al despertar cada mañana.

Él es mi paraíso, y ahora me doy cuenta que todavía no lo he salvado de su infierno. Del mundo al que no pertenece y que no necesita.

La graduación de Matthew fue hermosa, su madre y sus hermanos están aquí y su madre lloró al momento en que el nombre de su hijo era honorado por su triunfo. Me siento orgullosa de él y dichosa por ser parte de su sueño hecho realidad.

Ana y Joe son parte también de la celebración. Su hermano Nick es todo un seductor. Joe le advirtió con la mirada que quitara su sucia mirada de su novia. Y su hermana Susan es un amor como su madre.

—Bueno señores, es momento de celebrar en grande, mi hermano mayor es todo un poeta ¿Cómo quieres celebrarlo, hermano? O permíteme formular de nuevo la pregunta ¿Dónde os gustaría celebrar vuestro triunfo *Sr. Rimador?*

Muchas carcajadas se escuchan. Nick tiene una personalidad divertida y además es muy atractivo como su hermano mayor. Sus ojos son grises al igual que los de Matthew y se mantiene en forma. Pero a diferencia de Matthew él odia los tatuajes y no tiene ninguno en su cuerpo.

Susan es una chica muy dulce y linda con su largo cabello marrón y ojos también grises. Es tímida y ahora sé el motivo. Sus dos hermanos mayores la sobreprotegen demasiado al igual que su madre.

—Nick, deja a tu hermano tranquilo—Lo reprende Verónica. —Más te vale que empieces a tomar el buen ejemplo de tu hermano ahora que ya se licenció y hayas dejado las carreras de dos llantas en Washington.

Matthew me confió que su hermano Nick era gran fanático a las carreras clandestinas de moto y que por eso había perdido medio año de estudios en la universidad debido a un accidente. Es estudiante de medicina y Susan iba a comenzar la misma carrera pero con una especialidad diferente el año próximo.

Después de su incidente y con la experiencia que tiene en medicina pudo conseguir un trabajo como enfermero en un hospital público.

Nos decidimos por ir al *Chicago Cut Steakhouse*[9] los Reed eran fanáticos a la carne y churrasquería de Chicago. Es un hermoso restaurante. Los ventanales cubriendo del techo al piso que ofrecen impresionantes vistas panorámicas del río Chicago y del horizonte de la ciudad.

---

[9] Famoso restaurante de Chicago *en 300 North*.

Cuando todos disfrutábamos de la cena, yo observaba a Matthew reír y compartir con su madre y sus hermanos. Nick no dejaba de contar chistes un poco fuertes sólo para hacer enfadar a su madre y estar en un restaurante lujoso no iba a impedir que ella lo reprendiera delante de todos.

Matthew viste con su traje y corbata, se mira tan sexy, su chaqueta hace que sus brazos se vean más gruesos y musculosos. Yo llevo un vestido color blanco a la rodilla de cuello V. Mi sexy novio intentó discutir un par de veces por mi escote pero su madre intervino de inmediato diciéndole que la belleza sin ser presumida era un pecado peor a esconderla.

Matthew a regañadientes no discutió con su madre y ella junto con Susan terminamos de prepararnos. Nos tomamos unas fotos familiares después de la ceremonia y me sentí la chica más afortunada del mundo compartiendo con amigos y con la familia de mi otra mitad.

—Mis padres mandan saludos, tu visita el mes pasado los dejó un poco preocupados. —cuchichea Ana.

— ¿Por qué?

—Saben que Matthew iba a graduarse este año y temen a que él viaje y te lleve con él.

Oh, no de nuevo el tema.

—Matthew y yo lo revolveremos. —Intento calmarla, pero la verdad es que lo hago para calmarme yo.

—Eso mismo les dije, Joe y yo haremos la especialidad aquí mismo en el *Northwestern* —me fulmina con la mirada y advierte: —Espero que tú también.

—El futuro es incierto, Ana. —Pone los ojos en blanco.

Cuando los padres de Ana conocieron a Matthew, mi sorpresa fue que lo aprobaron enseguida. Matthew fue un amor con ellos pero no consintió en lo que hicieron en el pasado cuando dejaron que me tomara por sorpresa el encuentro con mi padre.

&ა893&

Ellos se disculparon conmigo y yo no podía seguir enfadada con ellos después de todo lo que han hecho por mí. Pero cuando Matthew les dijo que era estudiante de último año y que además yo vivía en su casa, reaccionaron como cualquier padre lo haría. Primero me echaron el sermón de que vivir con tu novio a la edad de veintiún años era un riesgo eminente y cuando hablaron de los futuros planes, la respuesta de Matthew fue que no había futuro en el que yo no estuviese presente.

—No puedo creerlo, mi hijo es un honorable profesional y futuro profesor— Dice Verónica con orgullo.

—Ambos futuros profesores—La sigue Joe.

—Yo con gusto cambiaria mi carrera por tener una profesora como tú—Me coquetea Nick descaradamente.

—Ten cuidado hermanito, no tientes tu suerte—Le advierte Matthew.

—Es verdad, Belle ¿Qué le viste a mi hermano? —Sigue provocando a su hermano mayor.

Rio para mis adentros.

—Vi lo que no todos pueden ver—
Respondo con amor y escucho un par de
suspiros.

— ¿Segura? —bromea

—Muy segura.

— ¿Te puedo hacer cambiar de opinión?
Yo no llevo tatuajes— se mofa.

— ¡Nick! — lo reprende su madre.

Nick es todo un personaje y demasiado
crudo al momento de decir la verdad pero
ama a su hermano mayor, aunque su
misión siempre sea provocarlo.

Después de una larga charla entre risas y
bromas de Nick, regresamos a casa. Nick
condujo en el auto de su madre hasta
Crest Hill. Pasaríamos las fiestas
navideñas en su nueva casa, que todavía
faltaba por terminar de decorar. La
madre de Matthew es muy detallista
cuando se trata de crear un ambiente
hogareño y estaba intentando hacer de
su nuevo hogar algo acogedor para ella y
sus hijos.

Una vez me cambié el vestido por un
pijama, bajé a buscar a Matthew. Me
sorprendió encontrarlo observando el
árbol con tanta nostalgia.

— ¿Qué sucede? —pregunto y por primera vez lo sorprendo con mi llegada.

—No te escuché venir, lo siento.

—Es la primera vez que logro sorprenderte ¿Por qué estás tan distraído?

—Distraído—repite—Estoy jodidamente feliz, ha sido la mejor noche de mi vida.

Oh, Matthew. Mi poeta.

—Para mí también, tu familia es increíble, gracias por esta noche. —Lo abrazo mientras escondo una sorpresa detrás de mi espalda.

— ¿Qué tienes ahí? —pregunta al ver mi intención.

—Tu regalo de graduación.

— ¿Regalo?

Le doy un pequeño paquete envuelto en papel dorado y él lo contempla con curiosidad antes de abrirlo. Lo observo mientras lo abre cuidadosamente y su impresión es todo un sueño.

— ¿Estás bromeando? —dice asombrado. Su sonrisa es de oreja a oreja y sus ojos grises parecen azules a la luz de la luna.

—No. Es tu regalo de graduación.

Su boca está casi abierta mientras vuelve a ver lo que hay en sus manos. No había un regalo tan perfecto como éste. Su libro favorito, el *Tamerlane and Other Poems*.

—Antes de que digas algo—le advierto viéndolo a los ojos y continúo: —No sabía que tenía un tesoro entre mis manos hasta que tú me contaste la historia de este libro. No sabía que era una reliquia y además me dijiste que era tu favorito. Vas a necesitarlo cuando te especialices y quiero que tú lo tengas.

—Pero era de tu madre y además tú misma lo has dicho, es como un tesoro.

—Exacto, para mí era un libro más en mi colección. Al escucharte hablar de *Poe* me di cuenta de la pasión que sientes por lo que haces. Eres estupendo y estoy orgullosa de ti.

—No puedo aceptarlo, era de tu madre.

—A mi madre le hubiera gustado que lo tuvieras—le digo con un hilo de voz y lágrimas en mis ojos. —Míralo como un regalo por parte de ella.

—Gracias—dice limpiando mis lágrimas con sus pulgares—Eres increíble, no merezco tu bondad.

—*Confucio* dijo que la bondad era amar a todos los hombres. Yo sólo te amo a ti. La bondad puede hacer mucho. Como el sol que derrite el hielo, la bondad evapora los malos entendidos, la desconfianza y la hostilidad.

—Te amo, mi dulce Elena.

෯Ɛ103෯

Los chicos han mejorado mucho en su ahora clase de Italiano y David ha estado sobrio durante todos estos meses y me siento muy orgullosa de él.

— ¿Te preocupa algo? —Pregunta David.

Ahora que también obtuvo su grado en filosofía, ha conseguido un trabajo como profesor y sigue estudiando el máster. Una de las cosas que admiro de David ahora es su entusiasmo y la manera de ver la vida, sigue siendo el mismo David con un estilo de vida diferente y con un corazón roto, gracias a mí.

—Me sentiré un poco sola ahora que ya no te veré en clase. —Admito sonriéndole, pero debo decir que me siento triste.

—Con gusto volvería a repetir las clases para que nos veamos de nuevo. —Su tono de voz es coqueto, siempre se sale con la suya.

— ¿Cómo va la terapia? —Cambio de tema bruscamente.

—Va muy bien, las reuniones de *AA*[10] cada vez son menos frustrantes.

---

[10] Alcohólicos Anónimos.

—Estoy orgullosa de ti, por la decisión que has tomado, ahora eres el hombre de la casa y debes cuidar de tu madre y de tus hermanos, pero lo más importante, de ti.

—Gracias a ti—Toma mi mano.

—No, es tu elección, tú elijes no tomar, tú elegiste ir por tu propia cuenta. Debes dar gracias a ti primero.

—Por el amor de una rosa, el jardinero es servidor de mil espinas.

Eso dolió. Sé a qué se refiere.

—Espero algún día puedas encontrar esa persona que la vida tiene preparada para ti.

—Siempre has sido tú, Belle. — Se acerca demasiado hasta el punto en que puedo sentir su respiración.

—David...—Toco su pecho apartándolo.

—Siempre estaré aquí, Belle. Lo sabes.

Lo sé. Y te odio por eso.

Cupido estaba tan aburrido en el cielo que bajó a jugar al infierno y ahí cogió un par de flechas y apuntó a la dirección equivocada. David es un gran hombre pero mi corazón no lo reconoció cuando me declaró su amor. Estaba tan cegada en mi propio mundo que me olvidé de vivir.

Hasta que conocí a Matthew, él salvó mi vida y me entregué por completo a él. No me arrepiento de nada, pero me duele ver a David así.

— ¿Lo sabes? —pregunta nuevamente.

—No quiero que esperes por mí, sabes que amo a Matthew.

—Él no te merece—suelta con voz fría. — Te mereces algo mejor que un *halcón* dueño de un lugar como...—Detiene sus palabras haciendo una mueca.

— ¿Lo sabías? —Pregunto:— ¿Tú sabes qué hay más allá de tiro al blanco, David?

Me ve, no abre su boca para decir algo pero sus ojos quieren gritar la verdad.

—Conocí a una chica muy lista, hermosa y dulce. Pero estaba tan jodido que no merecía su compasión ni su ayuda y mucho menos su amor, pero ella ahí estaba siempre para mí. Para ayudarme y mantener mi secreto. Pero cuando yo me recuperaba para poder ganarme su amor ella conoció a alguien, alguien que no tenía problemas con el alcohol, pero estaba más jodido que yo—ríe con ironía—Ella se enamoró de él, vive en su casa y ni siquiera sabe el lugar del que él es dueño y a qué se dedica. El día en que ella sepa toda la verdad, será el día en que luche con todas mis fuerzas por su amor. Ahora mismo no lo hago porque no quiero ser yo el que rompa su corazón. No voy a jugar sucio y decirle toda la verdad, quiero que sea ella misma la que se dé cuenta. Por el momento la sigo amando. Ella lo sabe y no le importa, me restriega en la cara que está enamorada de un imbécil. Un imbécil que no la merece ni la va a merecer nunca. Quizás yo tampoco la merezca, puedo fallarle de muchas maneras pero jamás le mentiría ni la engañaría como el imbécil del que está enamorada.

Se acerca y limpia las lágrimas en mi rostro. Lo veo con recelo al intentar procesar todo lo que me acaba de decir, ha sido lo más sincero y desgarrador que me ha dicho nunca.

—Ahora sabes que esperaría por ti siempre, llámame un hijo de puta egoísta, pero te quiero conmigo y no con él o con ningún otro que te lastime de la forma en que él lo ha hecho y lo hará.

No sé qué decir. No hay nada más qué decir, él tiene razón. Matthew me ha ocultado cosas, y David siempre ha sido honesto conmigo. Tengo miedo de que todo lo que Matthew y yo tenemos sea una mentira y que su otra vida, la vida que ha ocultado pese más que el amor que siento por él.

Me da un beso en mi sien y se aleja. Dejándome sucumbida con mis propios pensamientos. Ha sembrado la duda y lo peor es que siento que pronto estallará una gran bomba que no sé si pueda sobrevivir a ella.

Esa misma noche, los chicos hicieron planes para cenar fuera los cuatro. No tengo ánimos de nada pero debo poner mi mejor cara y hacer como si nada hubiese pasado hoy en la tarde en casa de David. Veo a Matthew y el corazón se me encoje al pensar que él me oculta más cosas.

— ¿Todo bien? —pregunta Matthew tocando mi rodilla.

Asiento y sonrío.

—En clase de penal el Abogado Cobit me ha dado el sermón de mi vida por el tema de pena de muerte alrededor del mundo...—dice Ana, pero su voz se convierte en un murmullo en mi cabeza.

— ¿Tú qué opinas, Belle? —pregunta pero no sé de qué está hablando.

—Lo siento, ¿Qué dijiste?

—Que estoy de acuerdo en la pena de muerte en hombres que maten a mujeres y niños.

Su comentario me hace reír entonces recuerdo algo que mi madre me citó una vez:

— *Benazir Bhutto* decía que: *Quien asesine a una mujer se quemará en el infierno*, supongo que reciba la pena de muerte o no el final siempre será el mismo.

— ¿Entonces estás de acuerdo?

—Creo en la justicia divina no en la justicia del hombre.

Una vez abierto mi boca no puedo callarme y prosigo:

— ¿Quiénes nos dicen que ninguno de nosotros vamos a terminar en el mismo lugar? Todo el mundo tiene secretos, un pasado y un futuro arrastrándolo. El que quita la vida a otra persona no da derecho a terceras personas juzgar su vida, no lo hace diferente.

Los tres me ven asombrados y Ana abre los ojos como platos.

—Para eso existe el perdón, la redención antes de morir. Para eso es la vida para arrepentirte de lo que has hecho en la tierra. —Dice Matthew tomando un sorbo de su cerveza y prosigue: — A veces se necesita la ayuda de otras personas para redimirte y ser una mejor persona.

—*Crimen y Castigo*[11] —refunfuño.

—Sí, Abrumado por las dudas sobre su acto, presionado por las dos mujeres para que se entregue y acosado por la policía, «*Rodión*» no aguanta más y se entrega para ser enviado por su condena a trabajar a Siberia.

—La salvación está en ti mismo, es una decisión propia; no se necesita a alguien para poder salir de tu propio infierno y confesar tus pecados. Además te olvidas que «*Rodión*» roba y mata por ayudar a su hermana.

Ana y Joe nos observan como si estuvieran viendo una cancha de tenis, sus ojos se dirijan de uno hacia al otro.

—Bien, chicos no quiero que peleen, sea lo que sea que estén hablando el tal Rodión es un crío al final de la historia. —Ríen todos a carcajadas, excepto yo.

Lo que antes era un tema de clase de Derecho estaba convirtiéndose en un debate muy personal entre Matthew y yo.

---

[11] Fiódor Dostoievski (1866-Rusia)

—Ahora regreso—espeto poniéndome de pie para ir al tocador.

Mientras voy por el pasillo hacia el tocador, unas manos me sostienen el brazo, al voltearme me llevo el susto de mi vida.

—Hola, preciosa. Estoy de acuerdo contigo en la manera que ves la historia de *Rodión Raskólnikov.*

—No sabía que le gustaba escuchar conversaciones ajenas, profesor.

—Así que ya sabes que soy profesor. —No fue una pregunta, fue una afirmación triunfante de él.

—Sigo sorprendiéndome por ello. —remato.

—Bien, quizás te siga sorprendiendo.

¿Qué significa eso?

Me sonríe. Una sonrisa que no es de mi agrado y peor si viene de alguien como *Lucifer* o el profesor William Faulkner.

Al salir del tocador William ha desaparecido de mi vista. No sé a qué se refirió con seguirme sorprendiendo, quiero pensar en que se refiere al *polígono* y no a otra cosa. Regreso a la mesa con los chicos y dos pares de ojos me observan con asombro. Ana y Joe me hacen gestos confusos con los ojos y veo a Matthew que parece estar echando humo por las orejas.

¡Maldición! me ha visto hablando con lucifer.

—Cambia esa cara, no ha pasado nada. —Le suelto a Matthew sin mirarlo.

—Mantente alejada de él, mariposa.

Respiro hondo y estoy a punto de explotar. ¿Quién se cree que es para darme órdenes cuando él no es justamente honesto conmigo?

—Ya está, Matthew. —Exploto: —Soy lo suficientemente grande para saber a quién le hablo y a quién no. Yo no te doy órdenes así que tú no me las des a mí.

Mi tono de voz y la firmeza de mis palabras hacen que me mire con los ojos bien abiertos. Ana y Joe carraspean la garganta y empiezan hablar entre sí.

— ¿Tienes algo que decirme? —pregunta arqueando las cejas.

—No ¿Y tú? —Pregunto con sarcasmo.

Muerde su labio inferior da un largo suspiro y niega con la cabeza.

Él te oculta algo y lo sabes. Dice la cizañera en mi interior.

La cena termina siendo una incomodidad y mala idea después de todo. Ana y Joe se van juntos y yo a regañadientes subo al auto de Matthew, en todo el camino ninguno de los ha dicho algo y ni me ha llevado la contraria respecto a lo que solté de no darme órdenes. Algo que para mis adentros me deja sorprendida.

Antes de salir del auto él me detiene tocando mi pierna. Lo veo a la cara y parece que le doliera verme. Él sabe que la verdad está cerca y es tan cobarde que no puede decírmelo.

¿Qué te estás haciendo a ti mismo?

— ¿Por qué estás enfadada?

—No estoy enfadada. — Lo reto con la mirada— ¿Debería de estarlo?

—Deja de hacer eso. —Me advierte al ver mi provocación: — No te vayas por las ramas y dime qué es lo que te pasa.

—Lo mismo te digo yo a ti. ¿Qué más me ocultas?

—No te oculto nada, Elena. Deja de pensar en que todos los días tengo un secreto nuevo para ti.

Me rio de él y salgo del auto sin esperarlo. Voy directo a mi habitación en lugar de la de él y me meto a la ducha. Esta vez no quiero llorar por más que lo intente, ya sé que no es dolor lo que siento. Estoy furiosa y cansada de sus mentiras y secretos. Me siento estúpida al pensar que todo el mundo sabe algo que yo no sé.

Salgo de la ducha y lo veo que está sentado a la orilla de mi cama. Lo ignoro, tomo mi ropa y regreso al baño a cambiarme. Minutos después cuando salgo ya no está.

Pienso en que quizás deba enfrentarlo y cuando tengo la mano en la manilla de la puerta, escucho mi celular. Es una llamada de David.

—Hola. —contesto cortante.

—Belle—suspira—quería discúlpame por lo que te dije hoy. No debí decirte esas cosas.

—No te preocupes, David. Lo entiendo y gracias por advertirme.

— ¿Estás bien? Pareces molesta.

—Ahora mismo ni yo sé cómo me siento, pero no te preocupes.

—Lo que dije—hace una pausa—Era cierto, siempre estaré aquí para ti.

Oh, David.

—Lo sé, David. Y te agradezco, has sido un buen amigo, hasta el momento y el único hombre cerca de mí que ha sido honesto conmigo.

En ese momento la puerta se abre y es Matthew viéndome de brazos cruzados con el cejo fruncido como jamás lo había visto.

—David, tengo que irme.

—Está bien, Belle, que descanses.

Ignoro su pose de autoridad y me tumbo a la cama a leer.

— ¿Vas a quedarte ahí esperando que sea yo el que hable primero?

—Ya lo hiciste—contesto tajante. Sé que estoy actuando como una cría de nuevo pero no sé cómo enfrentarlo en estos momentos.

— ¿Qué estabas haciendo hablando con William? —Gruñe y antes de responder me suelta la segunda pregunta: — ¿Qué quería David a esta hora? —Me fulmina con la mirada y por más que resista no reírme, no lo consigo. Eso lo hace enfurecer y me quita el libro de las manos obligándome a verlo a la cara.

—El profesor no quería nada en especial, escuchaba nuestra conversación y ha hecho un comentario sin importancia. — Respondo a la primera pregunta. —Y lo que tenga que decirme David, puede hacerlo a la hora que él quiera. Es mi amigo, pensé que ya estabas claro con eso.

Cierra los ojos y respira agitado.

—Bien. —dice caminando hacia la puerta y se detiene: —Sigue actuando como una niña y cuando decidas actuar como una adulta, hablamos.

¡Oh, no lo dijo!

Sé perfectamente que mi actitud en estos momentos no es mi mejor atributo pero cuando estoy tan ansiosa y nerviosa al respecto no sé cómo reaccionar. Es una parte de mí que no la conocía al sentirme como una idiota a la que le ocultan cosas.

No sé cómo preguntar.

No sé qué debo preguntar.

Y no lo haré.

Quizás debas creer más en su palabra. Ahora la voz en mi interior ha cambiado de idea.

Salgo de la habitación para buscar a Matthew, no puedo tratarlo así sin antes escucharlo o creer en su palabra. Voy a su habitación y lo veo que está sentado en su cama sin hacer nada.

Me acerco y me siento al lado suyo.

No me ve.

No dice nada.

Entonces hablo:

—En estos momentos soy una adulta— Bromeo y él sonríe, pero su sonrisa no me convence del todo.

—Ahora me siento como un niño, no sé qué decir.

—Estos últimos días han sido difíciles. — admito y continúo: —A veces pienso que me ocultas más cosas, que no confías lo suficiente en mí para decirme todo.

—Mariposa—hace una larga pausa antes de continuar: —Todos los días intento demostrarte y demostrarme que alguien como yo puede ser amado por alguien como tú. Y a veces siento que estoy fallando.

Sus palabras me asustan. *¿Está siendo sincero?*

—No estás fallando, señor perfecto. Yo tampoco soy perfecta y lo viste hace unos momentos.

—Sé lo que haces, estás dudando de mí e intentas apartarme para que vaya a estudiar a otra ciudad.

El corazón se me encoge. Quizás sea eso, mis miedos los estoy enfrentando poniendo barreras entre nosotros y alejándolo para que logre sus sueños.

—No quiero ser un obstáculo para ti— susurro.

— ¿Volvemos a lo mismo? No eres un obstáculo, Elena. No me importa esperar por ti.

— ¿Cómo puedes decir algo así? ¿No has hecho ninguna solicitud todavía?

—No. Tomé mi decisión y no voy a desistir de ella.

Que no haya hecho ninguna solicitud en otra universidad me tranquiliza, eso quiere decir que habla en serio. Ahora me siento como una idiota dejándome llevar por mis miedos.

—Lo siento—susurro.

—Te disculpas demasiado, mariposa— Me toma de la cintura y me sienta sobre su regazo.

Acaricio su suave cabello mientras él me toma con sus manos la cara y acerca sus labios a los míos. Me besa. El beso largo de disculpas, pero esta vez es mi manera de pedir disculpas.

Duermo entre sus brazos nuevamente y por una extraña razón siento una

espinita en mi corazón que me dice que
no siempre será así.

—Has estado extraña todo el día—Dice
Ana mientras estoy sentada en la sala de
su casa.

—Estoy algo estresada, el otro año será
un poco difícil. —Miento.

—Sí, será difícil para los tres, quiero
detener las horas.

Ana y Joe han estado bien últimamente,
ahora somos Matthew y yo quienes
pasamos discutiendo mientras que ellos
siguen disfrutando de su relación como si
fuesen recién casados. Estoy muy feliz
por ellos, ya tienen toda su vida planeada
mientras que yo vivo el día a día.

Con Matthew Reed nunca se sabe.

— ¿Por qué pasas discutiendo tanto con
Matt? Dime y te juro que le cortaré las
bolas mientras duerme. —Se mofa y yo
rio a carcajadas.

Ahora me gustaría ver eso.

—Estamos en esa etapa donde ya no
sientes tantas mariposas en el estómago.

—Es una mierda—admite—pero espero
sea sólo una etapa, para Joe y para mí
fue difícil, pero ya ves.

—Lo sé.

De pronto mi foco se enciende y empiezo a plantearme muchas hipótesis, las peleas de Ariana con Joe siempre fueron por su trabajo. Nunca pelearon por una chica o por otro chico.

—Ana, ¿Tú eres mi mejor amiga?

Abre los ojos como platos—Por supuesto. —admite con orgullo y casi ofendida.

—Entonces ¿Dime qué más hay en el polígono del infierno?

Aclara su garganta nerviosa.

—Si te refieres a si hay zorras, por supuesto que las hay—intenta disimular.

—Eres terrible mintiendo Ariana Cooper. Dime la verdad.

—Belle, no hay más nada, lo juro—espeta sin verme a los ojos.

No voy a insistir.

Una hora después, Matthew llega por mí y me despido de Ana y sus padres. Le miento a Matthew diciéndole que ambas estamos preocupadas por el nuevo año en la universidad y que por eso he estado un poco callada en todo el camino. Él besa mis manos y me entiende sin hacer más preguntas.

Al llegar a casa, Matthew se mete a la cocina mientras que Joe me muestra las nuevas películas que ha comprado para ver el fin de semana. Echo un vistazo cerca de la puerta y veo que hay un paquete sobre la mesa. Veo el remitente y Matthew inmediatamente se acerca y me quita el paquete de las manos de manera brusca haciéndome parpadear varias veces las lágrimas que están quemándome los ojos.

Se queda perplejo y Joe nos observa.

—Chicos ¿Qué pasa? —pregunta acercándose.

—Eso mismo me pregunto yo, Joe. —No quito la mirada de Matthew, tiene la mandíbula apretada y los ojos cerrados.

Joe entiende que una bomba está a punto de estallar y nos deja solos. Lo veo que sube la escalera y yo me aparto de Matthew. Él se interpone en mi camino impidiéndome el paso hacia las escaleras.

—Puedo explicarlo—arrastra las palabras.

—No necesito que me expliques nada. *Harvard* lo explica todo. —Lo fulmino con la mirada mientras limpio una lágrima que me traiciona. —Dijiste que no habías hecho ninguna solicitud, te di la oportunidad de ser honesto conmigo y ahora me tengo que enterar de que ya tenías planes.

No responde y veo cómo aclara su garganta.

—Lo había olvidado por completo, pensé...

—No, Matthew—lo corto—Jamás se olvidan cosas tan importantes como tu carrera, no puedes mentir sobre eso, dime una cosa ¿Hiciste la solicitud cuando ya estábamos juntos?

No responde, por primera vez no sabe qué decir, está enfrente de mí, vulnerable y frágil. Puedo ver que no puede cargar con la culpa por mucho tiempo.

—Respóndeme—susurro a punto de llorar—Y ten cuidado con lo que vas a decir.

Cierra los ojos y muerde sus labios. Veo cómo su pecho sube y baja con desesperación. Mientras que yo he dejado de respirar desde que vi su mirada de culpa.

—Sí.

Siento que me ha dado la peor apuñalada del mundo.

Otra mentira más.

—Bien, espero sean buenas noticias y te deseo lo mejor en *Harvard*, señor Reed.

Matthew Reed se está convirtiendo en un dulce pecado que empieza a doler y mientras más trato de convencerme a mí misma que puedo confiar en él, algo en mi corazón me dice que voy a empezar a arder en el infierno junto a él si no me detengo.

Uno no se enamora nunca y ése puede ser su infierno, pero esta vez yo sí me enamoré de él y se está convirtiendo en una maldita condena.

—Elena, espera. —Me sujeta la mano— Debí decirte la verdad, pero que haya recibido respuesta no cambia nada en mi decisión.

—Pero en la mía sí—señalo llena de furia—yo sí he cambiado mi decisión, iba a apoyarte siempre y cuando fueras honesto conmigo pero ya no sé qué creerte y no seré un obstáculo para ti. Estás lleno de mentiras y no me extrañaría la siguiente.

Eso último le dolió tanto como a mí que me deja ir. Cierro la puerta de mi habitación y me suelto a llorar. Esta vez no me importa quién me escuche.

—Belle, soy Joe, déjame entrar—Ruega Joe detrás de la puerta.

—Ahora no, Joe. Necesito estar sola.

Enterarme de esa manera me toma por sorpresa, pero no puedo creer en nada de lo que diga. Él quiere ir a *Harvard*, lo puedo sentir y como se lo dije: *No seré un obstáculo para él.* No quiero que renuncie a sus sueños por mí. No quiero dejarlo, pero si tengo que hacerlo para que logre su meta, lo haré.

Estoy viendo el techo, y observo la fotografía de mi madre que Matthew mando ampliar y colocar en un marco dorado encima de mi escritorio. Cuando lo vi la primera vez lloré de felicidad. Ver a mi madre en aquel árbol y tener un árbol igual en casa me hacía sentir más cerca de ella.

Despierto asustada al escuchar que alguien hace rechinar las llantas de un auto. Veo el reloj y son las once de la noche. Bajo las escaleras y veo por la ventana. El auto de Matthew no está. ¿A dónde habrá ido? Un dolor en mi estómago me dice que debo ir a buscarlo e impedir que cometa una locura.

Subo a mi habitación y me cambio de ropa. No quiero despertar a Joe así que tomo sus llaves con mucho cuidado y me voy en su coche.

No veo a Matthew por ningún lado entonces pienso en que sólo hay un lugar donde debe de estar. *El polígono del infierno*. Pensar en el lugar se me revuelve el estómago. Respiro hondo y conduzco hacia allí.

Hay muchos autos afuera y veo que el auto de Matthew también está, no me equivoqué al pensar que se encontraría aquí.

Entro y veo muchas mujeres y hombres. Pero el cartel que dice *Tiro al blanco* está apagado. Eso quiere decir que no hay juego hoy.

¿Qué está haciendo Matthew aquí?

— ¿Te has perdido? —me dice una voz chillona. Volteo y es Olivia la que me ve con una ceja arqueada. Viste de mini falda de cuero con una diminuta blusa que le hace resaltar sus tetas que probablemente son de silicona. Siendo tan joven pero perteneciendo a un lugar como éste, no me sorprendería que todo lo que anda encima sea falso. Como ella.

—Qué te importa—Le suelto ignorando el revoloteo de sus pulseras plateadas.

Sigo viendo a mi alrededor en busca de Matthew pero no veo a nadie.

—Si estás buscando a Matt está en el nivel 3, si no es así, búscalo en el nivel 4.

Nivel 3 – Incitación.

Nivel 4. Condenación.

¡Maldita sea!

Ahora que me encuentro en este lugar nadie me va a impedir que suba y vea con mis propios esos dos niveles. No hay nadie que me pueda impedir y ella ha sembrado su duda, una duda que desde hace mucho tiempo quiero aclarar.

No lo pienso dos veces y voy corriendo hacia las escaleras a buscar a Matthew. Los pasillos están vacíos y siento un gran nudo en mi garganta, escucho el murmullo y una suave música que viene del nivel 3.

Me paro enfrente de dos puertas rojas con un gran letrero encima de ella.

᪥Ɛ133᪥

"INCITACION"

Entro a la habitación, está un poco iluminada y hay una gran lámpara de cristal encima del pequeño salón. Parece una recepción de un hotel, me sorprende ver que el lugar por dentro es más grande de lo que se ve por fuera. Las paredes son grises y hay muchas fotografías de paisajes en ella. Paisajes que desconozco. Deben ser pinturas únicas de alguien en especial.

Algunas personas llevan máscaras para ocultar su identidad, otras no y al verme de pie en la puerta puedo atraer varias miradas. De hombres y algunas mujeres. Me siento desnuda e incómoda de estar aquí.

—Hola—Dice la voz de una mujer. Es rubia y lleva una máscara y su ropa es muy provocativa.

—Hola—contesto nerviosa.

— ¿Qué te apetece? —pregunta riendo.

— ¿Qué es este lugar?

—*Incitación.*

—Lo sé, ¿Pero qué es? —repito la pregunta pero esta vez sonriéndole para que confíe en mí.

—En esta sala, elegirás tu acompañante, la persona que elijas o te elija será la que vaya a *condenarte*. Es como una sala de citas, directo al infierno.

— ¿Por qué llevan máscara?

—El pecado no tiene rostro aquí. —me explica: —Te dejas llevar por su cuerpo, por su voz, por su deseo y morbo. No necesitas un rostro para saber lo que quieres y lo que el otro quiere. Sólo necesitas dejarte llevar por el deseo a ser castigado.

— ¿Castigado? —murmuro perpleja.

—Sí, una vez elijes, te diriges a la otra sala, nivel 4.

Condenación.

Escuchar la palabra *castigado* hace que reaccione y salga corriendo hacia el último nivel. Ya había descubierto lo primero. Ahora recuerdo las palabras de Joe: *Incitación es el cuarto donde vas a conocer a alguien en especial para que te condene. Algunas personas van directamente a la sala de condenación sin conocer antes al que lo condenará. Es un cuarto muy explícito.*

La palabra *explicito* tiene muchos significados para mí en este momento y creo que me volveré loca.

Jamás había sentido más miedo en toda mi vida.

Tengo enfrente dos puertas rojas.

Qué ironía.

"CONDENACIÓN"

La puerta del infierno.

Respiro hondo más de una vez antes de poder entrar y tiro de las dos manillas.

Una música erótica seguida de una canción rock tenebroso invade mis oídos. Siento el calor por todo mi cuerpo. El nivel 4, la sala de *condenación* es como el infierno sin haber estado alguna vez ahí, tiene que ser igual.

Paredes negras, seguidas de muchas velas por todo el lugar, y dos grandes cuadros por encima de la sala principal.

Lete.[12]

Estigia.[13]

Los dos ríos y a mi derecha otros dos cuadros.

---

[12] Es uno de los ríos del Hades - Río del olvido.
[13] Es uno de los ríos del Hades - Río del odio.

El Jardín de las delicias.[14]

Hades.

Es una pesadilla.

Un mensaje en letras blancas en la gran pared negra llama mi atención:

"Las personas serán desechadas y quemadas, como indignas de la salvación por parte de Dios."

La sala *condenación* está dividida en cuatro habitaciones o *fases.*

"Las cuatro fases del infierno"

"Sin conocer la humillación jamás sabrán lo que es el sufrimiento y serán marcados de por vida así como serán castigados por toda la eternidad."

Limpio las lágrimas de mi rostro y me encamino hacia el interior de la sala para observar.

Bajo la primera cortina y veo cómo un grupo de personas golpean a sus «*víctimas*».

Humillación.

---

[14] (El infierno) Cuadro de *Jeronimo Bosch.*

En la segunda cortina, tres mujeres desnudas se queman con cera caliente y una de ellas pasa un encendedor por el cuerpo de un hombre amordazado y vendado.

Sufrimiento.

En la tercera cortina, un hombre está tatuando a otro. Me aproximo y leo las palabras: «*Es mejor reinar en el infierno que servir en el cielo*» tatuadas en letras medievales de color negro y llamas rojas sobre su espalda.

Vestigio.

La siguiente pared no tiene cortinas. Hay una puerta. Parece algo más privado, pero puedo escuchar un fuerte ruido y música acompañado de gritos y gemidos. Abro la puerta sin importarme lo que pueda ver y me quedo helada al mismo tiempo.

Siento que mis piernas fallan y estoy a punto de desmayarme por lo que veo.

Una mujer y un hombre siendo azotados de rodillas amarrados de las manos y de los pies. El hombre que está azotándolos lleva una máscara pero puedo ver su boca y cómo me sonríe.

Escucho el primer latigazo. No es una fusta normal, es un látigo negro lleno de nudos de cuero. Escucho el grujido de éste y el grito de la mujer acompañado por el placer.

Punición.

¡Mierdaaaaaaaa!

Salgo corriendo y a mitad del camino caigo de rodillas llorando con todas mis fuerzas. Me falta el aire y quiero despertar.

Tiene que ser una pesadilla.

Varias manos tocan mi cuerpo como si tuvieran hambre, mientras yo estoy tirada en el suelo con las manos en mi rostro queriendo despertar.

— ¡Elena! —Grita alguien— ¡Mierda! ¡No la toquen!

Las manos dejan de tocarme y escucho los pasos de él. Del *cuervo* y dueño de éste maldito lugar lleno de gente enferma.

Me toma de la cara y me niego a abrir los ojos, esos ojos color ceniza que me enamoran y que amo, no los quiero ver, no aquí.

Nunca más.

Me suelto de su fuerte agarre y corro con todas mis fuerzas hasta el primer nivel. La gente se aparta mientras me ven correr y salgo a la calle. Me dejo caer nuevamente. Llueve, pero no me importa. Es mejor que mis lágrimas se pierdan bajo la lluvia.

Mi ropa se empapa por la lluvia en cuestión de segundos y todavía tengo el corazón desbocado y escucho los gritos y gemidos de las personas en las salas.

— ¡Elena! —grita de nuevo mi nombre.

— ¡Por Dios! Elena, mírame, por favor— Ruega, sé que me toca pero no puedo sentir su calor. Siento unas manos frías. Manos desconocidas.

— ¡Suéltame! —Logro gritar con todas mis fuerzas.

— ¡Mierda!, mariposa, por favor. —ruega e intenta tocarme de nuevo pero doy un paso atrás.

—Te dije que te protegería de cualquier infierno que intentara acercarse a ti— sollozo—Pero olvidé protegerme a mí misma de tu infierno, Matthew.

—No es lo que piensas, Elena. Tienes que...

— ¡No! —grito—No es lo que pienso. ¡Es lo que vi! Eres un maldito mentiroso. ¿Cómo pude ser tan estúpida y ciega?

Él me ve y no dice nada. Puedo ver en sus ojos que también está llorando. Es la

primera vez que lo veo así y no me duele.
No me puede doler el sufrimiento de
alguien que me ha mentido tan
descaradamente y lo peor de todo es que
él es el dueño de un lugar tan repugnante
y enfermo.

—Perdóname, por favor.

—Te disculpas demasiado, Matthew Reed
¿Sabes por qué? —sin esperar su
respuesta continúo: —Porque personas
como tú están condenadas a pedir
perdón. El que lastima siempre, jamás
podrá amar.

Se aproxima.

Toca mi rostro mojado, me trae hacia él y
me besa con arrebato. No lo aparto y dejo
que me haga lo que quiera pero no
correspondo a ninguna de sus caricias.

Es como las personas allá arriba. Se dejan lastimar y sus besos en este momento me lastiman.

—Bésame—susurra en mis labios— Elena, bésame. —Me dice con mucha desesperación.

Continúa besándome, me abraza y yo sigo sin moverme.

—Eres mi paraíso, Elena.

Nuestro amor en este momento es como la llovizna que cae silenciosamente pero que ha desbordado el río de nuestro pequeño paraíso.

—Vives en dos mundos, quieres el paraíso y el infierno, yo no puedo darte ambos. Quería salvarte de tu infierno, quería ser lo que necesitabas, pero tú ya ardías en él y aunque vivas en el paraíso conmigo, el infierno siempre será parte de ti y yo estaba ardiendo en tu mundo sin darme cuenta.

Un corazón roto nunca vuelve a palpitar de la misma forma, por mucho que nos empeñemos en demostrar lo contrario. Intento buscar en el fondo de mi corazón, en cada uno de sus pedazos rotos el perdón y el olvido de todo lo que está pasando, pero no encuentro nada. Sólo hay fragmentos rotos que cada vez que intento unirlos... me desangran.

—Por favor, Elena, no hagas esto, te lo suplico por mi vida. —La mirada gris y de deseo ha desaparecido por un par de ojos grises, simplemente grises, como su alma y la mía.

— En mi oscuro pasado sólo hay una pequeña luz y esa luz eres tú, mariposa; toda la oscuridad se fue desde que estás a mi lado, no hagas esto. Lo solucionaré, te lo prometo. —se pone de rodillas y me rodea con sus brazos, apoyando su rostro en mi vientre y continúa llorando pidiéndome perdón.

—Déjame ir, Matthew. —Mis palabras salen de mi boca en forma automática, sólo quiero repetir que me deje ir.

Que se marche a Cambridge y que olvide a su Elena.

—No puedo, eres mi dulce Elena, eres mi paraíso.

—No lo soy, no soy nada de eso. —Sollozo de nuevo—me mentiste, me has mentido durante tanto tiempo. No confío en ti... No quiero amarte más.

Se levanta y da un paso hacia atrás. No intenta tocarme esta vez y sigue dedicándome la mirada más derrotada de todas.

—Te entregué todo, hasta lo que pensé que no tenía te lo cedí. Te abrí de par en par mi corazón. —Continúo sollozando, tengo que sacar todo el dolor que siento: —pero ahora que te veo, me doy cuenta que no era suficiente para que renunciaras a esa vida, nunca he sido lo suficientemente buena; ni te he salvado de nada. Pero tú sí me salvaste de mi infierno para traerme al tuyo. Sabía que te amaría ahí también, aunque me doliera. Pensé que lo soportaría, pero no puedo. No puedo amarte de esa manera.

Me alejo de él dándole la espalda y me llama una última vez. Me detengo pero no lo veo.

—Guárdame en tu corazón, Elena—Lo escucho sobre mi hombro: — Y que no se te olvide, que he muerto al perderte... porque tú eras mi vida.

Ayúdame Dios mío... Ayúdame Madre.

Al llegar a casa, Joe está esperando en la puerta. Él lo sabía todo este tiempo y tampoco ha dicho nada. Le entrego las llaves de su auto y subo a mi habitación a hacer una pequeña maleta.

No sé dónde ir, pero debo salir de esta casa.

No quiero llamar a Ana, ella también lo sabía y no me dijo nada, todos permitieron que me enterara de esta manera tan cruda y dolorosa y tampoco puedo perdonárselos. Me siento la persona más estúpida y pequeña del mundo en estos momentos.

—Belle, ¿Dónde irás? —pregunta Joe entrando a la habitación.

—Lejos de todos ustedes, por supuesto. —contesto tajante y sin verlo a la cara.

—Lo siento, Belle, no queríamos que te enteraras de esta manera.

—Ahórratelo, Joe.

Llamo un taxi, son las dos de la mañana, estoy exhausta emocionalmente y necesito salir de aquí cuanto antes. No quiero volver a ver a Matthew.

Se ha terminado.

Media hora después me encuentro en la habitación de un hotel, sola y con una maleta. Ya iré por mis cosas después.

No sé definir qué es el amor, pero sí sé cuándo éste termina. Termina con la última lágrima, con la garganta irritada y la mirada perdida.

Y así estoy en estos momentos. Lágrimas corren por todo mi rostro y empapan la almohada, tengo la mirada totalmente perdida en mis pensamientos recordando esos *salones*.

Personas siendo lastimadas.

Personas siendo condenadas.

Personas que disfrutan el dolor.

Matthew tiene tatuajes, y mi mente me traiciona pensando en que quizás él ha participado en algunas de esas salas. Si ha sido víctima o ha condenado a alguien.

No sé qué habrá ocurrido en la vida de Matthew Reed para que llegara a crear un lugar como *el polígono del infierno*. Me asusta sólo de pensar que dentro de Matthew se esconde alguien sin corazón, sin piedad y que no conoce el perdón o salvación.

Espero perdonarlo algún día.

Hoy no.

Hoy quiero odiarlo para poder olvidarme de él.

Son alrededor de las doce del mediodía.
En mi celular hay más de treinta
llamadas perdidas, de Ana, Joe y el
culpable de mi huida. Matthew y varios
mensajes:

Belle, ¿Dónde estás?
Necesitamos hablar.

Ana.

¡Elena Isabelle Jones, por favor!
Contesta el teléfono.
Necesito saber si estás bien.

Ana.

Belle,
Lo siento mucho.
No estás sola, por favor trata de entender.

Joe.

"Salvo tú y yo únicamente.
Yo me detuve, miré... y en un instante
Todo desapareció de mi vista"

Matthew

No necesito entender, y tampoco necesito
que me enamore con citas de *Poe* en
estos momentos, eso me mata. Su don, el

Matthew Reed poeta, aquél que hablaba con tanto orgullo de su *maestro* favorito.

El *poeta* jamás existió.

Me temo que no sé de quién me enamoré.

Desconozco a las dos personas.

Vuelvo a dejar el teléfono a un lado y entierro mi cabeza en la almohada para seguir durmiendo y olvidarme de que *mariposa* alguna vez existió.

Dos horas después me despierta el sonido de mi teléfono. Alguien me llama y es David.

Él no te mintió. Él intentó alejarte de él para protegerte. Dice la voz traicionera en mi cabeza.

—David—respondo con voz ronca.

—Belle, Dios mío, qué bueno que contestas, Ana me ha llamado preocupada por ti ¿Estás bien?

—Estoy bien, David.

— ¿Dónde estás? ¿Qué está pasando? — pregunta preocupado.

—No puedo explicártelo por teléfono, pero te lo resumiré en que tenías razón en todo. —admito con un hilo de voz.

Escucho a David maldecir.

— ¿Puedo verte? ¿Dónde estás?

Lo pienso antes de darle una respuesta y me doy cuenta que en este momento necesito de mi amigo.

—Estoy en el *Villa D' Citta*[15]

Diez minutos después, David está en mi habitación, le he contado todo lo que ha pasado, no parece sorprendido, pero su mandíbula tensa me indica que está furioso por verme en este estado.

—Perdóname por no haber creído en ti— ruego soltando un sollozo.

—Belle—Me abraza—No me pidas perdón por seguir tu corazón. Estoy aquí contigo. Siempre lo estaré.

Permanecemos en silencio mientras yo estoy hecha un ovillo. David me observa sin decir nada. Me levanto de la cama bruscamente, siento un dolor punzante en mi estómago y tengo ganas de vomitar al recordar el *polígono del infierno*.

Corro hacia el baño y vomito sin parar, David corre detrás de mí y sostiene mi cabello mientras termino de aclarar mi estómago.

---

[15] Hotel (Lincoln Park, Chicago)

—David, déjame sola.

—No te dejaré, Belle. —Lava y seca mi rostro con una toalla y lo observo mientras lo hace.

David, él debió ser la persona desde el comienzo. Él nunca me ha mentido y jamás me ha lastimado. No entiendo por qué no le entregué mi corazón a alguien como él.

Al intentar caminar hacia la habitación, todo me da vueltas, me siento mareada y David me toma de la cintura para evitar que caiga al suelo.

— ¡Belle! —Exclama tomándome en sus brazos. Mis ojos están abiertos pero todo me da vueltas y prefiero mejor dejarlos cerrados.

—Necesitas comer, Belle—me aconseja. Mientras yo me quejo y musito un par de palabras sin sentido.

No quiero comer, no quiero nada y la única persona que puede hacerme sentir mejor es la misma que me tiene sintiéndome así de patética.

David pide algo de comida al servicio del hotel y minutos después está intentando haciéndome comer una sopa caliente.

—No quiero, David. —me quejo.

—Tienes que comer, Belle. —Insiste y lleva la cuchara hacia mi boca.

— ¿Por qué eres tan bueno conmigo? No lo merezco. —Se me llenan los ojos de lágrimas. Él me advirtió y no hice caso y ahora él está aquí conmigo, ayudándome a no sentirme más sola de lo que ya estoy.

—Soy tu amigo y tú también me has ayudado ¿Recuerdas? —No me ve pero sé que no es por eso que lo hace.

—No. No lo haces por ser mi amigo, lo haces porque me quieres. —Lo corrijo.

Él suspira y me ve. —No te quiero—Hace una pausa—Te amo, por eso estoy aquí. Aunque lo que más quiero en estos momentos es ir a buscarlo y matarlo por haberte dejado así.

Oh, David. Si él muere también morirá parte de mí con él.

Después de terminar a regañadientes la sopa, me siento un poco mejor o al menos mi estómago.

—David ¿Tú has estado ahí? —sabe a lo que me refiero y no voy a entrar en detalles.

Puedo ver cómo mi pregunta lo incomoda—Sabes a lo que me refiero, no me hagas decirlo. —Le pido.

—Ahí me tatué, pero nunca he golpeado a nadie y tampoco me he dejado golpear aunque una vez estuve a punto de recibir una paliza por una mujer mayor que conocí.

Arrugo el cejo con imaginármelo y cierro mis ojos al pensar que alguien pueda lastimar de esa manera a otra persona.

¿Cómo alguien puede sentirse tan vulnerable y culpable por algo para que tenga que recurrir a un castigo tan inhumano?

—Sé lo que estás pensando—me saca de mis pensamientos al escuchar su voz— Quizás él tampoco haya lastimado a nadie.

¿Por qué lo defiende?

—No lo defiendas, recuerda que el lugar le pertenece a él, eso ya lo hace bastante culpable.

—Lo siento, no debí mencionarlo.

Hablamos de su trabajo y de sus hermanos. Su madre ha conocido a otra persona y se lleva bien con los chicos y con él. Me siento muy feliz por ellos, se merecen un nuevo comienzo.

Su trabajo de profesor, le ofrece varias oportunidades fuera de la ciudad, pero por los momentos no ha tomado ninguna decisión y sigue disfrutando de la docencia.

El lugar es oscuro, camino por lo que parece un pasillo iluminado solamente con algunas velas que forman un camino a lo lejos.

Sigo caminando hasta llegar a una gran puerta roja.

— ¿Quién está ahí?

Nadie responde, pero escucho los gritos y murmullos de una mujer. Entonces abro la puerta y me encuentro con un hombre:

— ¿Te has perdido, hermosa?

— ¿Quién eres?

El hombre lleva una máscara y escucho sus gruñidos.

—Si has venido aquí es porque mereces ser condenada al igual que los otros.

—Me he perdido, por favor no me haga daño.

Le ruego y él ríe a carcajadas.

—Si quieres irte, antes tienes que castigar o ser castigada.

—¡No soy un animal, no le haré daño a nadie!

—Entonces serás tú la siguiente condenada.

Todo desaparece y me encuentro amarrada y con los ojos vendados.

— ¡Ayuda!

—Nadie puede escucharte aquí, mariposa.

— ¿Mariposa? ¿Matthew?

—Te dije que estaría muerto si me dejabas, mariposa.

—No estás muerto, estás hablando conmigo.

— ¿Y dónde crees que estamos?

—En el polígono del infierno.

—No mariposa, estamos en el infierno, tú y yo estamos muertos.

— ¿Vas a lastimarme?

—No, ellos lo harán por mí.

Escucho el sonido del látigo en mi espalda, la piel me arde y siento cómo se desprende mi ropa. De nuevo otro latigazo y suelto un grito desgarrador.

— *¡Por favor!*

— ¡Belle, despierta!

Abro los ojos, era una pesadilla.

¿Estaba muerta?

¿Él estará bien?

— ¡Por Dios, Belle, estás ardiendo en fiebre! —David toca mi rostro, sus manos son suaves y su mirada es triste, no había visto tristeza en su mirada antes, no esa.

—David...—susurro, pero me duele mucho mantener los ojos abiertos.

—Te llevaré al hospital.

— ¡No! Por favor, no quiero ir a ningún lugar.

—Llamaré a un médico entonces—asiento con la cabeza y cierro de nuevo mis ojos. Me pierdo de nuevo en un profundo sueño, pero esta vez no estoy soñando nada.

Siento unas manos que tocan mi frente y siento un fuerte pinchazo en mi brazo.

—Estará bien, la fiebre disminuirá con la inyección. —Dice la voz de un hombre, parece mayor. —Asegúrate de que coma y no se levante de la cama en las próximas 24 horas. Necesita descansar, está muy débil.

—Gracias, Dr. Mcfly.

—Llámame si empeora, pero sí es así es mejor que la lleves a un hospital.

—Lo haré. —Dice David y escucho que la puerta se cierra.

— ¿David? —murmuro.

—Estoy aquí, Belle.

— ¿Qué hora es?

—Pasando las diez de la noche. ¿Tienes hambre?

Niego con la cabeza.

—Tu madre debe de estar preocupada, deberías irte. —le aconsejo, ha estado todo el día cuidando de mí.

—La he llamado, ella y los chicos están bien. —Me explica: —Me quedaré aquí, si no te importa.

— ¿Dónde vas a dormir? —pregunto nerviosa.

Él sonríe— ¿Dónde más? En el suelo. —besa mi frente—Ahora, duerme.

Veo cómo improvisa una cama en el suelo y deja su teléfono sobre la mesa. Sonrío al verlo y agradezco para mis adentros por personas como David.

El silencio es interrumpido por el sonido de mi teléfono.

Al ver el nombre del que me llama, suelto un sollozo.

Mi padre.

— ¿Quieres que conteste? —se ofrece David.

—No, creo que necesito contestar.

—Bien, me daré una ducha, si no te importa.

Niego con la cabeza y él cierra la puerta detrás de él. Respiro hondo y contesto:

—Hola.

—Hola, Isabelle, es bueno escucharte de nuevo.

—Lo mismo digo—me sorprende su suave voz y la mía.

— ¿Estás bien? —pregunta y no me sorprendería que los Cooper lo hayan llamado.

—Estoy bien, ¿Te han llamado?

—Sí, Norah y Rob están preocupado por ti, parece que la pelea que tuviste con Ana ha sido fuerte para que no quieras hablar con nadie.

Agradezco a Ana por haber mentido, eso me ahorra muchas explicaciones de mi novio o *ex novio*.

—Estoy bien, no te preocupes ¿Cómo estás tú?

—Sí tú estás bien, yo estoy bien, hija.

Eso me hace llorar, por primera vez desde que me fui de casa me hace sentir bien que me llame *hija*.

—Gracias—sollozo.

—No llores, Isabelle. ¿Segura que estás bien? ¿Quieres que vaya para allá?

—No es necesario, estás demasiado lejos.

—No lo estoy—admite y eso me sorprende: —Ahora vivo en Carolina del Norte, te mandaré mi dirección por correo por si algún día quieres venir.

—No lo sabía.

—Necesitaba un cambio—Hace una pausa y escucho su respiración—Así como lo hiciste tú.

—Lo sé. —contesto cortante. No sé qué más decir. Su cambio me sorprende y mucho, siempre estaba peleando con mi madre. Ella quería vivir en otra ciudad y él se rehusaba.

— ¿Has usado parte del dinero que te mandé? —pregunta y ahora mismo el tema del dinero es lo que menos me importa. Pero tampoco puedo vivir toda mi vida en un hotel.

—No lo necesito. —Digo a la defensiva.

—No todo el tiempo trabajarás dando tutorías, sabes que cuando muera todo será tuyo. —Responde triste. Pensar en la muerte no me ayuda en estos momentos y él es mi padre, me dolería también perderlo a él.

—No hables de muerte—lo reprendo.

—Lo siento, hija. Pero quiero que sepas que si necesitas más, házmelo saber. Soy tu padre y me preocupo por ti.

—Está bien, adiós papá. —Me sorprendo al darme cuenta que lo he llamado *Papá* desde que murió mi madre.

Lo escucho que llora a través del teléfono. Es el llanto de la felicidad. Ambos hemos perdido a la persona que alegraba nuestros días. Yo perdí a mi madre, él perdió a su esposa y también a su hija, pero ésta última, la está recuperando.

—Adiós, hija.

David sale del baño con sólo una toalla en la cintura. Es difícil no poder ver cada parte de su cuerpo, es encantador y sus músculos están bien formados, ahora que está sobrio se ha puesto más en forma. Escucho que tocan la puerta y cuando abre puedo ver su tatuaje en la espalda. En cambio yo estoy hecha un desastre llorando después de hablar con mi padre.

Alguien del hotel le entrega una pequeña maleta con lo que parece algo de ropa.

—Llamé a mi madre, le dije que necesitaba algo de ropa.

— ¿Le dijiste que estabas aquí conmigo? —Me siento incómoda al preguntar.

—Sí, no te preocupes, le dije que era una emergencia familiar.

Pongo los ojos en blanco. Vaya emergencia familiar la que me llevó instalarme en un hotel. Entra al baño a cambiarse y después sale en unos pantalones de algodón y... sin camisa.

Nos quedamos viendo un poco incómodos y me limpio las lágrimas.

—Nunca me has hablado de tus padres. —Dice mientras se sienta a la orilla de la cama y me limpia una última lágrima.

—Es una larga historia—Admito un poco nostálgica.

—No iré a ninguna parte—Sonríe y sé que puedo confiar en él.

Le hablo de mis padres, de la muerte de mi madre y mi huida de casa. Omito la historia de *él*. Y resumo mis problemas con la depresión y de cómo los padres de Ana me han ayudado estos últimos años.

—Vaya—dice sorprendido—Nunca lo hubiera imaginado.

—Es complicado y ahora mi padre intenta acercarse de nuevo.

—Tienes que darle una oportunidad, no estás sola. —Toma mi mano y sé a lo que se refiere, también lo tengo a él.

—Lo intento. —musito a punto de llorar.

—Cosas maravillosas vendrán a tu vida, el amor y la familia son una de ellas. Eres hermosa e inteligente, Belle.

—Nada es para siempre, David. Tuve una familia una vez. Y también conocí el amor, si es que puedo llamarlo así. Los amigos que pensé que tenía también me han mentido. —Veo la expresión dulce en sus ojos —Sólo te tengo a ti.

—Preciosa, dices que no hay amor a menos que dure para siempre. Eso es una tontería—niega con la cabeza y regresa su mirada en mí: — hay episodios mucho mejores que la obra entera.

— ¿Me has llamado «*preciosa*»? —Ambos sonreímos.

—Eres más que eso, Belle.

Se levanta y regresa al suelo, en la cama que ha preparado con un par de mantas y suspira.

—Nunca te lo he dicho—muerde su labio inferior—Pero gracias a ti recuperé a mi familia, sin tu ayuda, sin tener por quién luchar y recuperarme, no sé qué sería de mí.

Oh, David. Ojala pudiera.

—No digas nada— se acomoda en el suelo. —Es hora de descansar.

Cierro mis ojos, es imposible dormir. No dejo de pensar en Matthew. En sus ojos, sus besos, su cuerpo y aquel árbol que me hacía sentir en casa.

Quiero verlo.

Quiero besarlo y al mismo tiempo no quiero volver a verlo.

No quiero amarlo y quiero olvidarme de todo lo que tenga que ver con él. Pero es imposible. Él tiene mi corazón y jamás lo devolverá.

El dolor que siento tiene que disminuir, pero cada segundo que pasa siento que muero lentamente por cada una de las mentiras y por pensar en el espantoso lugar. Conocí su infierno y por más que intente sacarlo de ahí, no lo lograré. Algo me dice que hay algo más. Tiene que haber una verdad, alguna razón por la que Matthew sea propietario del polígono del infierno. Y ahora que lo he descubierto.

No voy a descansar hasta averiguar el *¿Por qué?*

Mi cuerpo tiembla, mi boca está seca y tengo mucho frío. David duerme y no quiero despertarlo. Intento ponerme de pie, pero es casi imposible lograrlo sin caerme.

— ¿Belle? —Murmura David en la oscuridad.

—Lo siento, vuelve a dormir.

Se pone de pie y enciende la luz, me queman los ojos y me llevo las manos a la cabeza.

—Tengo mucha sed.

Toma un vaso que está sobre la pequeña mesa y lo llena de agua. Cuando levanto mi mano ésta empieza a temblar y David lo acerca a mi boca y pone su mano sobre mi cara.

—No tienes fiebre. —Toca mi frente—Pero estás temblando y estás helada.

Sonrío y niego con la cabeza para hacerle ver que estoy bien, pero él me mete de nuevo a la cama y me calienta las manos con su aliento.

En estos momentos es cuando menos merezco su compasión. He rechazado su amor muchas veces y ahora él está durmiendo en una habitación de un hotel en el suelo para cuidar de mí.

—David—susurro temblando—Tengo mucho frío.

Me observa con dolor y se levanta para apagar la luz. Cuando pienso que ha regresado al suelo, lo siento que rodea la cama y se mete debajo de la sábana y me trae hacia él. Su cuerpo es fuerte y cálido al lado mío. Me pongo tensa al sentir sus brazos alrededor mío y su pecho desnudo tan cerca de mí.

—Tranquila, te calentaré. —susurra.

Me doy cuenta que mi cuerpo no lo rechaza del todo, pero me siento nerviosa. Nunca lo había sentido tan cerca de mí. Y me sorprende que no ha intentado ni siquiera besarme.

—Gracias—musito tomando su brazo y cubriéndolo con la sábana.

Él permanece en silencio pero puedo jurar que escucho cómo late su corazón.

—Lamento que tengas que hacer esto, David.

—Te dije que no iré a ningún lugar, Belle.

Es verdad él dijo que no iría a ningún lado y mientras yo estoy pensando en

Matthew y su infierno. Un corazón roto rodea mi cuerpo y ha cuidado de mí cuando no merezco ni una cosa ni la otra.

—Te quiero, David. —susurro a punto de quedarme dormida. —Eres un gran amigo.

—Te amo.

Despierto y los ojos verdes de David me observan con una pequeña sonrisa en su rostro.

—Espero no te haya asustado mientras dormía. —Me cubro la cara con la almohada.

—Nunca había dormido bien en toda mi vida. —Confiesa quitándome la almohada para que no me sienta avergonzada.

Lo curioso es que yo también dormí bien. No son los brazos a los cuales estoy acostumbrada, pero son sinceros y la sinceridad en estos momentos es lo único que necesito.

— ¿Cómo te sientes? —Pregunta tocando mi frente. La fiebre ha desaparecido y no tengo cómo agradecerle a David por lo que ha hecho por mí.

—Me siento bien, gracias a ti.

Se acerca y besa mi coronilla. —No es nada.

Su mirada es extraña esta mañana, no ha tocado nada del desayuno que pidió y no deja de tocar su cabello.

— ¿Por qué actúas tan extraño hoy?

—Tu teléfono no ha dejado de sonar— Dice un poco molesto.

Veo las llamadas perdidas, todas son de Ana y Joe pero ninguna de Matthew, éste último me decepciona un poco, pero es lo mejor.

—No hay ninguna de Matthew—Le confieso y sé que su preocupación era esa.

— ¿En serio? —Parece aliviado.

—Mira—Le ofrezco mi teléfono pero lo rechaza.

—Te creo, pero...—respira con dificultad—No quiero que se acerque a ti.

—David, tarde o temprano tendré que hablar con él, me debe una gran explicación.

— ¿Estás bromeando? —Abre los ojos como platos. —No puedes hablar con él después de lo que te hizo.

—David...

No puedo explicarle mis razones, él jamás lo entenderá pero reconozco su punto. Se preocupa por mí y dejando a un lado el amor que siente. Debo admitir que tiene razón, más sin embargo merezco una explicación a toda esta pesadilla.

—Respeto tu decisión, Belle. —Se acerca y toma mi rostro—Pero no entiendo qué quieres hablar con el responsable de que estés en este hotel y enferma.

Permanezco en silencio. No voy a discutir con él también, no necesito que entienda, sólo necesito hacerlo sin que él se entere o se preocupe.

Después de mi recuperación tuve que asegurarme de que David regresara a casa y prometí llamarlo si necesitaba alguna ayuda. Necesitaba dinero para pagar algunas noches más en el hotel y recordé que guardaba las tarjetas sin usar que mi padre había solicitado a mi nombre. La cuenta de ahorro era lo último que pensaba que tocaría después de todo este tiempo, pero viendo las circunstancias, mi vida en estos últimos días se había convertido en toda una sorpresa.

Estaba cansada de estar encerrada todo el día en la habitación del hotel, así que salí a caminar y tomar un poco de aire.

Mientras caminaba cerca de las cinco de la tarde. Mis pensamientos me traicionaban cada vez que alguien se acercaba demasiado.

Las personas que estaban a mí alrededor usando una máscara, y que me vieron aquella noche en el polígono. Puede ser cualquiera, aquel mesero, algún compañero de la universidad, cualquiera.

¡Tranquila Isabelle!

Me detuve en un pequeño café. Era necesario aclarar mi mente. Estaba volviéndome loca poco a poco.

—Hola, Isabelle—dijo una voz conocida al levantar la mirada se me encogió el estómago. —Siempre tan sola.

Me levanto como si me hubieran puesto un petardo en el trasero y me dirijo hacia la calle, pero antes de cruzarla un fuerte agarre me toma del codo.

—No vas a ir a ningún lado. —Me exige arrastrándome hacia él—Necesito que me escuches.

— ¡Suéltame! No necesito escucharte, suficiente daño me has hecho, Thomas.

—Quiero que me perdones, Isabelle, te echo mucho de menos.

— ¿Qué te perdone? —Pregunto riendo nerviosa— ¿Por qué debo perdonarte? ¿Por engañarme? ¿Por atacarme?

Respira con furia y decepción hasta que suelta mi brazo.

—Dame una oportunidad—Ruega en medio de la calle. Los peatones caminan y nos observan.

—No, Thomas. No voy a darte otra oportunidad, ¿Recuerdas la última vez que te di una oportunidad? Me lastimaste.

— ¿Es por él? el tipo del polígono ¿Crees que no he visto lo que hace? —Me extermina con la mirada—Vi cuando te besaba después de ganar.

No me sorprende que Thomas también visite ese tipo de lugares, después de todo, le gusta maltratar a las personas.

—No es asunto tuyo mi vida privada, Thomas.

—Sí es mi asunto, lo nuestro no puede terminar así, he estado tratando de acercarme a ti por más de un año. Los padres de tu amiga me prohibieron acercarme a ti cuando termínanos y ahora que tengo la oportunidad de tenerte—Vuelve a tomar de mi mano, esta vez más fuerte. —No voy a dejarte ir tan fácil.

— ¿Hay algún problema por aquí?

Me sorprendo al verlo, se ve tan diferente. Thomas dirige su mirada hacia él y maldice en voz baja.

—No es asunto tuyo—Le escupe.

—Sí es mi asunto, veo que la estás obligando a que se vaya contigo.

Sigo sin poder asumir lo que está pasando. Y mientras Thomas sujeta mi muñeca con más fuerza, *lucifer*, y fuera del polígono, el profesor William, está de brazos cruzados tan calmado viendo cómo Thomas lo reta con la mirada.

—Suéltala y deja que se vaya—Le ordena.

— ¿O qué? —le gruñe.

—O te obligaré a hacerlo. —le responde sin titubear.

Se van a matar aquí mismo y ahora.

— ¡Basta! —grito. —Déjame en paz, y tú—me dirijo hacia William—Es mejor que me dejes manejarlo.

Entre gritos y miradas fulminantes alguien me llama por mi nombre.

— ¡Por Dios, Belle! —Me abraza. —Estaba tan preocupada por ti, ¿Dónde has estado?

—Estoy bien, Ariana.

Ana me ve y después ve a Thomas y a William.

— ¿Tú qué haces aquí, maldito? —le grita a Thomas. — ¡Vete de aquí! ¡No te acerques a ella!

Los gritos de Ariana hacen llamar la atención de otra persona. Joe.

Bonita reunión.

— ¿Qué está pasando? ¿Belle, estás bien? —Pregunta viendo a Thomas y a William.

—No he terminado contigo, Isabelle— Espeta Thomas y William le da un empujón haciéndolo caer al suelo.

—Vete, niño—le ordena—Tu presencia aquí ha terminado.

Todos nos quedamos observando, la forma de actuar de William al defenderme, me sorprende tanto a mí como a Joe y Ana.

— ¿Te ha hecho daño? —pregunta Ana.

—No—responde William—He llegado a tiempo pero el chico estaba a punto de llevársela a rastras.

—Gracias, Will—Le agradece Joe, dándole una mano.

—De nada, te veré por ahí, Belle—dice pronunciando con suavidad mi nombre.

Y cuando pienso que nada puede sorprenderme más, William me ha defendido.

Ana me abraza y Joe me observa de pies
a cabeza, sé el aspecto que tengo y por su
cara, también parece sorprendido.

—Estás pálida, Belle—Dice Ana tocando
mi rostro.

Yo todavía siento rabia al verlos.

—Déjame en paz, Ana—le digo con un
hilo de voz—Ambos, déjenme en paz.

Me doy la vuelta y Joe evita que Ana vaya
detrás de mí, escucho que suelta un
sollozo y mis lágrimas también empiezan
a rodar mientras me subo a un taxi y
regreso al hotel.

Ha sido una mala idea después de todo
haber salido del hotel, pero al menos ya
saben que estoy viva, ya pueden decirle a
su *amigo* que estoy bien y que no
necesito verlos nunca más.

Las fiestas navideñas estaban cerca,
había recibido un mensaje de la hermana
de Matthew y una llamada de su madre
invitándome a la cena de noche buena.
Parece que Matthew no les dijo que ya no
vivía en su casa y que ya no estábamos
juntos. Rompió mi corazón al escuchar a
la madre de Matthew decir que era la

primera vez que pasarían las fiestas navideñas juntos como una familia después de la muerte de su padre.

Las tutorías habían llegado a su fin, los chicos estaban tristes pero les prometí visitarlos, después de todo eran como mis pequeños hermanos. La madre de David estaba feliz con su nueva pareja y David cada día estaba más atento conmigo y no me había vuelto a presionar con lo nuestro ni me había preguntado nada de Matthew.

Ahora sin un trabajo con que distraerme y viviendo en un hotel, mi vida no podía ser más deprimente. No dejaba de pensar en todo. Había pasado cerca de dos semanas y no sabía nada de Matthew. Joe y Ana tampoco me habían vuelto a llamar.

Necesitaba ir por mis cosas y todavía no sabía cómo ir sin encontrármelos en casa.

Estaba leyendo *Grandes Esperanzas*[16] y me entraron las ganas de llorar por la hermosa historia del huérfano *Pip*, el que describe su vida desde su niñez hasta su madurez tratando de convertirse en un hombre de nobleza a lo largo de su vida.

---

[16] Charles Dickens (1861-Reino Unido)

Hace mucho tiempo que me sentía huérfana cuando perdí a mi madre y estaba enojada con mi padre. Y ahora me volvía a sentir así al estar viviendo sola.

Limpio mis lágrimas y me tumbo en la cama cuando mi teléfono empieza a sonar. Es Ariana. No quiero contestar pero su llamada después de varias semanas me intriga y contesto:

— ¿Qué quieres?

— ¡Belle! Oh, Dios mío qué bueno que contestas.

— ¿Qué pasa? —pregunto sentándome de un brinco.

—Se trata de Matthew—Mi corazón se paraliza—No sabemos dónde está. No contesta su teléfono y no ha llegado a casa en cinco noches.

Oh, Dios mío.

No dejo que mi corazón me traicione y controlo todo tipo de emoción.

—Seguramente está con alguna de sus *amigas.*

Sólo con pensarlo se me revuelve el estómago.

—No, Belle, lo dudo, está destrozado después de que lo dejaste.

Oh, bueno yo también lo estoy.

En ese momento Joe le quita el teléfono a Ana y responde:

—Belle, no te llamaríamos si no estuviéramos preocupados, necesitamos que nos ayudes a buscarlo, estoy seguro que si tú lo llamas te contestará, sólo necesitamos saber que está bien.

—Pero...—Pienso en su madre y sus hermanos, ellos no han de saber nada de la desaparición de Matthew.

—Veré qué puedo hacer. —contesto al fin.

Me dejo caer de espaldas y el llanto me invade, siento una punzada en el corazón, algo me dice que Matthew no está bien y me siento culpable por alguna razón.

Limpio mis lágrimas y con el poco valor que me queda marco su número telefónico. Espero a que conteste y no lo hace. Vuelvo a intentar dos veces más y no responde.

Quizás esté en el polígono.

Llamo de nuevo a Joe:

— ¿Estás seguro que no está en el polígono?

—No, belle, él no ha puesto un pie desde que te fuiste y no creo que esté ahí.

Después de que Joe me dijera los lugares en que habían ido a buscarlo, el único lugar que quedaba era el polígono.

Regresar a ese lugar es lo último que quiero hacer en mi vida, pero se trata de la vida de Matthew, y por más que intente hacer caso omiso a todo lo que tenga que ver con él, sigue siendo Matthew, y por más que apuñale mi corazón con los recuerdos, mi corazón sigue latiendo gracias a él aunque lo haya destrozado.

Me pongo una chaqueta y salgo del hotel, tomo un taxi y voy directo al polígono. La noche es oscura y el lugar está abarrotado de personas. Atravieso la puerta y llamo la atención de varias personas, me reconocen saben que soy *la chica del halcón.*

Lo busco por todo el lugar y no lo encuentro, una chica me mira con curiosidad, por su estatura y su forma de vestir la reconozco, es la misma chica que estaba en el nivel 3, *incitación.* Me acerco a ella y sonríe.

—Hola, ¿me recuerdas?

—Por supuesto, gracias a ti mi amigo está destrozado.

— ¿Eres amiga de Matthew?

— ¿El *halcón*? Por supuesto, somos muy buenos amigos, no sabía que eras su chica hasta que saliste corriendo aquella noche. La ha cagado al no decirte la verdad.

— ¿Sabes dónde está?

Me ve con recelo.

Ella sabe dónde está. Dice la voz en mi interior.

—No voy a decirte nada, Matt me dijo que lo has dejado—me señala con el dedo—No tienes idea de lo mal que la ha pasado.

—Él me mintió, yo también la he pasado mal. ¿Cómo te llamas?

—Nina—sonríe—Matt te ama, pero él no escogió esta vida y tú lo has dejado ir sin escucharlo, le has dejado arder en este infierno, justamente por eso no quería decirte la verdad desde un principio.

Me duelen sus palabras al reconocer la verdad, pero no puedo hacer nada, yo también he sufrido, yo también soy víctima en todo esto.

—Nina, por favor—Se me llenan los ojos de lágrimas—Ayúdame y dime dónde está.

— ¿Por qué debería decírtelo?

—Lo amo. —susurro.

Ella toca mi hombro y suspira.

—Sé que lo amas, no hubieras venido de nuevo aquí si no fuera por él.

—Dime dónde está. —ruego.

Ella no dice nada y señala con el dedo hacia las escaleras.

— ¿Nivel 3? —pregunto con miedo.

Ella niega con la cabeza y me llevo la mano a la boca para no llorar.

Salgo corriendo hacia el último nivel.

¡Por favor, por favor! Por lo que más quieras que no esté herido.

Entro e ignoro los gritos y la música que suena al fondo, reviso cada una de las salas pero no hay señales de él por ningún lado.

Entonces veo una habitación al otro extremo, no me fijé la primera vez, parece una oficina pero un hombre cuida fuera de ella para que nadie entre.

— ¿Puedo pasar? —le pregunto al hombre gigante que viste de traje enfrente de mí.

—Tengo órdenes, señorita, nadie puede pasar. — Me espeta con autoridad y permanece de brazos cruzados.

—Déjala pasar, Barry—le ordena Nina que llega detrás de mí.

—Pero el señor...—Déjala pasar, ella es su novia—lo corta Nina.

El hombre gigante de nombre Barry se hace a un lado a regañadientes y yo entro a la habitación. Una triste canción llega a mis oídos y me entra de nuevo las ganas de llorar.

No one knows what it's like

To be the bad man

To be the sad man

Behind blue eyes

And no one knows

What it's like to be hated

To be fated to telling only lies...

Él me habla a través de la canción.

Nadie sabe cómo es

Ser el hombre malo

Ser el hombre triste

Detrás de unos ojos azules

Y nadie sabe cómo es ser odiado

*Y estarse disolviendo, diciendo sólo
mentiras...*

Camino por la oscura habitación, una
pequeña luz tenue entra por la ventana y
siento un fuerte olor a cigarro y a alcohol.

My love is vengeance

That's never free

No one knows what it's like

To feel these feelings

Like I do, and I blame you!

Repaso cada letra y entre más escucho
más puedo entender.

Mi amor es venganza

Que nunca es libre

*Nadie sabe cómo es sentir estos
sentimientos*

Como yo lo hago, ¡y te culpo!

Tengo miedo de encender la luz y verlo hecho pedazos por mi culpa, por haberlo dejado. Pero ya estoy aquí y no iré a ningún lado. Enciendo la luz y lo veo sentado en un gran sillón de cuero, la habitación es una oficina, no sé si es la de él o la del tío de Joe, pero es lujosa, llena de trofeos y fotografías de jugadores. Un gran escritorio de madera negra que se parece a la de su habitación y un cenicero con un cigarro aún encendido.

Él está sentado con los ojos cerrados, veo cómo su pecho sube y baja con suavidad. Hay varias botellas sobre el suelo. Y una por la mitad que todavía sostiene.

Me parte el corazón y el alma verlo así, quiero tirármele encima y besarlo pero me temo que en estos momentos lo que menos quiere es tenerme cerca después de haberlo dejado.

¡Te mintió!

Lo sé, me mintió, pero también me estaba protegiendo. No sé cuál sea la verdad detrás de todo esto pero voy a averiguarlo.

—Matthew—susurro acercándome.

Él sigue con los ojos cerrados pero su respiración se acelera cuando toco su mano y quito la botella de sus manos.

—Mariposa—murmura—Llegaste tarde.

—No, estoy aquí. —intento acercarme más y abre los ojos, un par de ojos color ceniza traspasan mi piel y siento que me queman.

—Vete de aquí—me ordena.

— ¿Qué haces aquí? ¿Esperas ser condenado? —Me siento estúpida haciendo la pregunta.

—No, amarte ha sido mi condena. —sus palabras atraviesan mi corazón.

—No hables así, tú no perteneces aquí. —toco su mano y la aparta.

—El infierno está en esta palabra: — me ve con recelo— soledad.

Vuelve a empinarse la botella y toma una calada de su cigarrillo haciendo soltar el humo cerca de mi cara.

—Vete a tu *paraíso*, Isabelle.

¿Isabelle?

—El paraíso lo prefiero por el clima—Le digo con furia en mi voz—el infierno por la compañía.

Mis palabras lo sorprenden y como ya tengo su atención, sin pensarlo dos veces le arrebato la botella de sus manos de nuevo y el cigarrillo lo apago en el cenicero.

—Te sacaré de aquí.

Saco el móvil y tecleo un mensaje a Joe rápidamente. Veo una puerta de lo que parece ser un baño y me voy por una toalla mojada para limpiar el rostro de Matthew. Al momento de verme en el espejo empiezo a llorar. Me duele verlo así, que se destruya y lo peor de todo es que es mi culpa, yo lo arrastré a esto de nuevo.

Cuando salgo de la habitación lo veo que mantiene los ojos cerrados y una lágrima cae por su rostro. Me siento en su regazo y lo abrazo pero él no me abraza.

Otro golpe más.

Lo limpio con mucho cuidado y reviso cada rasgo de él, su barba incipiente lo hace ver más mayor de lo que es. Su cabello desaliñado da la impresión que ha permanecido aquí y no se ha duchado. Su olor es a humo y alcohol.

Su aroma fresco se ha ido.

—Me dejaste, te dije que moriría. — susurra.

—Me mentiste, Matthew. ¿Tienes idea de lo que he vivido? Me hiciste sentir que nada de lo que teníamos era verdadero, me has mentido demasiado.

Abre los ojos y me toma de las muñecas, tan fuerte que hago una mueca del dolor.

— ¿Dudas de mi amor? —sus grandes ojos grises están perdidos, desconozco esa mirada en su rostro.

—Matthew, me estás haciendo daño.

— ¿¡Dudas de mi amor!? —Esta vez me grita y empiezo a llorar del miedo.

— ¡Suéltame! ¡Me lastimas! —Éste no es el hombre del que me enamoré.

— ¿Y tú crees que no me has lastimado? —Su agarre es cada vez más fuerte.

—Ambos nos hemos lastimado, pero yo jamás te mentiría de la misma forma en que tú lo has hecho.

— ¿Dónde has estado, Elena? ¿Dónde has dormido todos estos días y con quién?

¿Pero qué...?

Abro los ojos y la boca por su acusación, ha sido otra puñalada más en menos de una hora.

— ¿Eso es lo que crees? —Sollozo y con furia respondo a su pregunta:

—Bien, he estado con David, él cuidó de mí aquella noche y sí—le gruño—durmió conmigo esa noche en un hotel, no me sorprendería que tú también hayas hecho lo mismo, las mujeres siempre te han sobrado, *halcón.*

Maldice en voz alta y me estrella contra la pared, me sujeta de las muñecas y las lleva arriba de mi cabeza. Me observa con repudio y lo que antes era una mirada triste ahora está llena de furia.

— ¡Dime que lo que has dicho es mentira! —me exige.

— ¡No! No es mentira—contraataco. — ¡Suéltame! ¡Me lastimas! ¡Estás borracho!

Alguien entra a grandes zancadas y lo apartan de mí, es Joe junto con Ana.

— ¡Mierda! Matt ¿¡Qué haces!? —los gritos de Joe lo hacen reaccionar y observa el color rojo de mis muñecas. Mis omoplatos me duelen por haberme estrellado con tanta fuerza contra la pared, pero nada me duele más que su mirada y sus palabras.

—Yo...—tartamudea viéndome llorar—Lo siento, no quería...

—No—lo corto—Tú nunca quieres lastimarme y es lo que siempre terminas haciendo.

—Mariposa—intenta acercarse y Joe lo detiene— ¿Te hice daño?

Ana me abraza y revisa mis muñecas rojas, hago una mueca cuando las toca y la mandíbula de Matthew se tensa.

—Ahora que ya saben dónde está, yo me voy de aquí. —Les digo.

Camino hacia afuera, ignoro de nuevo los gemidos y jadeos de las personas de las salas y corro hacia la salida. Ana viene detrás de mí, me grita y me detengo.

—Ven conmigo a casa, tengo que decirte algo. —me ruega abrazándome. Ésta no es la Ana que conozco.

— ¿Estás bien? —pregunto abrazándola

— ¡No! Por favor ven a casa conmigo.

Asiento y ella llama a Joe diciéndole que nos iremos por nuestra cuenta mientras él se encarga de Matthew. En todo el camino Ana no dice ni una sola palabra y al llegar a casa se tumba en el mueble a llorar.

— ¿Dónde están Rob y Norah?

—Están de viaje—solloza.

— ¿Qué te sucede, Ana? Estás asustándome.

Ella continúa sollozando en mi regazo, permanece así unos minutos más y cuando ya el llanto se ha ido se sienta y me ve nerviosa.

—Estoy embarazada.

— ¿¡Qué!?

Empieza a llorar de nuevo. —Lo sé, soy una estúpida. Debí tener más cuidado pero el mes pasado viajamos donde sus padres y olvidé tomar la píldora... y ya sabes... nos dejamos llevar.

— ¿Embarazada? ¡Por el amor de Dios! — grito.

Es como si Ana fuese mi hija y me estuvieran lanzando la noticia del tamaño de una bomba.

—Ana, pero... tú misma me aconsejaste de tomar la píldora hace unos meses, fuimos juntas donde el médico, llevas cuidándote más tiempo que yo... ¿Cómo pudiste ser tan... tan...—No termino la pregunta, estoy tan asustada como ella.

—Lo sé, estoy muerta del miedo. — admite.

— ¿Joe lo sabe?

Niega con la cabeza.

—Necesito que me ayudes, no sé qué hacer.

— ¿Quieres tenerlo? —pregunto con miedo a lo que vaya a ser su respuesta.

— ¡Por supuesto! ¿Por quién me tomas?

—Más te vale—suspiro aliviada— ¿En qué necesitas que te ayude?

—Necesito que estés conmigo cuando se lo diga a Joe y a mis padres.

—No me pidas eso, me has matado con la noticia, no soportaría ver el rostro de Joe y mucho menos la de tus padres.

—Por favor, Belle. No puedo hacer esto sola—junta sus manos rogando.

Pensé que la que estaba más que jodida era yo.

Lo sé, he empezado a decir tacos en mi mente de vez en cuando.

Pero ahora que me entero del embarazo de Ana, mis problemas se quedan cortos. Sólo espero que Joe no vaya a salir corriendo con la noticia y su madre no se vaya a desmayar.

Pasé la noche en mi vieja habitación en la casa de Ana. Ella durmió conmigo hecha un ovillo mientras mi mente trazaba planes de cómo decirle la verdad a su novio y a sus padres.

—Buenos días, Ana. —me sonríe. —He preparado el desayuno y más te vale que te lo comas todo y cuando le digamos a Joe de tu embarazo, mañana iremos al médico.

Ana me ve y se sorprende de mi reacción. De nuevo empieza a llorar.

Oh, hormonas de embarazada.

—No sé cómo vaya a tomarlo ¿Y si me deja?

—Si te deja, será lo mejor a estar al lado de un cobarde irresponsable, no estás sola, Ana. Me tienes a mí. Yo seré la tía Belle y te ayudaré a cuidar de *él* o *ella* mientras terminas los estudios.

De nuevo empieza a llorar.

Oh, diosas de la fertilidad, ayúdenme a controlar las hormonas de mi amiga.

Desayunamos como en los viejos tiempos, hablamos sobre mi estadía en el hotel y de David, no pareció estar molesta, después de todo acepta que David es una persona importante en mi vida y más cuando necesité de alguien.

—Hablé con mi padre—le confieso y se sorprende. —fue una conversación normal, sin discutir, y fue agradable pero estoy tomándolo con calma.

—Jamás esperé que tú también tuvieras tantas noticias, estoy muy feliz por ustedes.

—La felicidad está muy lejos de mi sentido del humor, pero siento un poco de paz sobre el tema.

— ¿Vivirás siempre en el hotel?

—No lo sé, supongo. Tienes que ayudarme a sacar mis cosas de la casa de... Joe.

—Regresa aquí, ésta siempre ha sido tu casa, nunca debiste irte de aquí, seguro mis padres estarán felices, y además me puedes ayudar con el embarazo.

— ¿No piensas vivir con Joe? Digo, después de que le des la noticia.

—Si Joe me apoya en mi embarazo, y mis padres no lo matan. Van a querer que nos casemos, pero yo no me voy a casar sin antes terminar la universidad, aún con un bebé en brazos, no me importaría casarme después.

—Vaya. En verdad sí que haces todo al revés.

Horas después de preparar psicológicamente a Ana para enfrentarse a su novio, salimos en el auto hacia la casa de éste. Yo en cambio estaba nerviosa, sabía que iba a ver a Matthew ahí, pero no me importaba, no iba a dejar sola en un momento así a Ana.

—Hola, Belle—saluda Joe, con un abrazo y cuando pasa su mano por mi espalda me estremezco al sentir un leve dolor.

—Lo siento, ¿Te duele mucho?

Hago una mueca sin importancia.

—Cariño, ¿Podemos hablar un momento? —Dice Ana nerviosa.

Caminamos juntos a la sala y Ana aprieta mi mano tan fuerte que apenas puedo sentir la circulación de mi sangre en ella. Después de varias pausas y un Joe nervioso. Ana se digna a hablar:

—Estoy... Estamos embarazados.

— ¿¡Qué!? —grita Joe poniéndose de pie.

Sí, otro que reacciona igual.

— ¿Embarazada? ¿Pero cómo? ¿Cuándo? Tú... Yo.

Veo cómo se pone pálido a punto de desmayarse y me abalanzo sobre él para que se siente de nuevo.

—Respira, Joe.

—Pero... ¿Tu carrera? ¿Mi carrera? ¿Tus padres? ¿Los míos?

— ¡A ver, Joe! Cálmate. —Le sujeto la cara para que me vea— En primer lugar la carrera de los dos es lo que menos importa en estos momentos. Y aunque suene egoísta también la opinión de sus padres. Lo importante es el bebé que está en camino, necesito saber si Ana va a poder contar contigo o si tendrá que hacerlo por sí sola.

Permanece en silencio y ve a Ana que está llorando a moco tendido, se acerca a ella y la abraza para consolarla.

— ¿Un hijo? —pregunta besando su frente.

—Sí, o hija—bromea Ana.

Permanecen abrazados por más tiempo, hasta que Joe empieza a llorar junto con ella. Es una escena muy conmovedora y no me había dado cuenta pero Matthew estaba viéndonos todo este tiempo desde la cocina.

—Saldremos de esto juntos. Hablaré con tus padres esta misma noche. —dice Joe dándole un beso breve en los labios.

Un torso desnudo me roza el brazo y en segundos mi cuerpo se tensa al sentir una fuerte electricidad que recorre por mis venas. Matthew se acerca a Joe.

—Felicidades, amigo—Le da un apretón de manos pero Joe lo abraza. Matthew también, Ana y yo sonreímos al ver a los dos amigos tatuados siendo tan cariñosos entre sí.

—Felicidades—Bromea y Ana lo abraza— Sí es una niña espero no sea tan odiosa como tú.

Matthew me ve y yo le quito la mirada enseguida, subo las escaleras para darles un momento a solas y empacar todas mis cosas.

Me llevo una inesperada sorpresa al ver mi cama que está deshecha y mi libro favorito está sobre ella.

Matthew ha estado aquí. Solloza una voz en mi interior.

Recojo mis libros y empiezo a empacar mi ropa.

—Tu aroma se fue de mi cama y vine a la tuya—Me estremezco al escuchar su voz detrás de mí.

Me asusta como en los viejos tiempos.

—Pues mi olor se va conmigo hoy mismo.
—Le informo y su mirada se quiebra.

Ignoro su presencia y sigo guardando mis
cosas en dos maletas. Continuamos en
silencio, él me observa y con manos
temblorosas sigo con lo mío.

—No te vayas—rompe el silencio.

—Nunca debí venir.

— ¿Te arrepientes? —pregunta
acercándose.

—No—lo veo— ¿Y tú?

—Lo volvería a hacer.

— ¡Estás loco! —Me molesta su
honestidad.

—*Más cuerdo es, el que acepta su propia
locura.*[17]

—Tu poesía no funcionará esta vez. —
Miento con dureza.

Oh, sí que funciona.

—Te disculpas, suplicas, ruborizas, eres
ciega y también testaruda.

—Yo podría decirte una lista. —Me
admiro de que esté abriendo mi boca

---

[17] «La máscara de la Muerte Roja» E. A. Poe.

para hablarle—: En todo este tiempo he hecho una muy larga y no precisamente de atributos tuyos.

—Dímelos—Me reta.

Dejo de hacer lo que hago y me acerco más a él sorprendiéndolo con mi cercanía.

—Eres un arrogante, idiota, peligroso, y mentiroso. —Sonríe, no parece afectarle mis insultos.

— ¿Sólo eso?

—No, también eres un hijo de puta con las alas más negras que un cuervo.

Me toma de la chaqueta y estrella sus labios con los míos. Me besa con ímpetu y me hace explotar de deseo.

¡Dios mío! Está pasando de nuevo.

Su tacto, su lengua de nuevo dentro de mi boca es cómo estar en mi hogar de nuevo. Me pierdo en su roce y me rindo a la batalla apretándolo más hacia mí y besándolo con la misma furia, no es amor, es furor de amarlo tanto que duele.

Me quita la chaqueta y tira de mi camisa, pero se detiene al ver mi cuerpo. Su rostro se marchita y sus ojos se llenan de lágrimas cerrándolos con fuerza.

— ¿Yo te... te hice esto? —Mira mis muñecas y sus ojos siguen mi espalda, y se horroriza por lo que ve.

No digo nada, la verdad es que fue él el que me lo hizo, estaba tan borrado que no midió su fuerza al estrellarme contra la pared, lo enfurecí tanto al decirle que me había acostado con David que perdió los estribos.

—Creo que tengo algo más para tu lista— susurra en mi oído—soy un monstruo.

Sale de la habitación dejando la mitad de mi cuerpo casi desnudo y me dejo caer sobre la cama y lloro por su reacción, el dolor que vi en sus ojos y la culpa no se compara con nada de lo que haya sentido antes. Pero lo entiendo, de nuevo falló y terminó haciéndome daño, esta vez de una forma diferente.

Vuelvo a ponerme la blusa y la chaqueta y continúo empacando mis cosas.

Una hora después de tener todo listo, me quedo contemplando la habitación, me acerco a la ventana y lo miro que está sentado debajo del árbol.

Nuestro pequeño paraíso.

Me llevo todas mis cosas, pero sobre el escritorio dejo algo que ya no me pertenece, el colgante que él me regaló.

No quiero llevarlo si ya no escucharé que me llama por «*mariposa* o *dulce Elena*».

Joe me ayuda con las maletas, y Ana llora al verme descompuesta por todo lo que me ha pasado. Sonrío para darle ánimos y ella me abraza.

—Estarás bien.

—Estaremos bien. —La corrijo.

Regreso a mi vieja habitación y los padres de Ana han llegado de su viaje, les dio gusto saber que Ana y yo arreglamos nuestra "pelea" y que he cambiado de opinión y he aceptado vivir con ellos y no con mi «novio».

Por otro lado, Joe permanece en la sala con el corazón en la mano y Ana no ha parado de llorar. Acaban de decir que están «*embarazados*» y que él se hará responsable y para terminar de dar el infarto, ha pedido la mano de Ana.

— ¡No puedes casarte después de graduarte, Ariana! —le grita su padre.

—Papá es mi decisión, quiero que me apoyes, tú sabes que es importante para mí graduarme primero.

—Eso no lo pensaste antes de salir embarazada—le espeta su padre furioso.

—Señor, con todo respeto, hace falta sólo un año para graduarme, y tengo una vacante fija en la firma de mis padres. A Ana no le faltará nada ni al bebé.

Había olvidado que los padres de Joe también son abogados y unos muy importantes como los padres de Ana. La conversación es toda una riña de tribunal en estos momentos, yo permanezco al lado de ella mientras ésta ve cómo su madre todavía está en estado de shock y su padre continúa *negociando* con Joe.

Subo a mi habitación y me sorprende al recibir una llamada de la madre de Matthew.

¿Qué hago?

¡Contesta!

—Hola, Verónica—Mi tono de voz es falso que apenas me reconozco.

—Hola, Elena ¿Cómo has estado, querida?

Pues mal, tu hijo es un mentiroso, estúpido arrogante y además me ha dejado llena de moretes.

—Bien ¿Tú y los chicos cómo llevan la nueva estadía?

—De maravilla, ¿Sucede algo? —Pregunta cambiando el tema.

—No ¿Por qué? —Pregunto nerviosa y apretando mis puños, mi maldita nariz empieza a moverse como loca.

—Te escuchas algo agripada ¿O estás llorando? Si estás llorando y es por culpa del *ingrato* de mi hijo, ahora mismo voy para allá y le daré el par de nalgadas que no le di de pequeño. —Me hace reír y ella ríe conmigo.

—Todo está bien, Verónica, dejemos esas nalgadas para después.

—Bueno, Entonces quiero recordarte que la cena de noche buena está muy cerca y espero que vengan antes para que me ayudes, ya ves que Susan no se le da lo de cocinar, la última vez quemó todo el pavo y tuvimos que comer puras verduras.

Mientras la escucho contar las viejas historias de noche buena, el corazón se me hace pedazos, Matthew no le ha dicho nada a su madre y me siento contra la espada y la pared al escuchar que está feliz de que Matthew vaya a casa a pasar las fiestas con ellos. Me siento impotente y no puedo decir que no, cuando depende de nosotros que pasen una feliz noche.

—Por supuesto, Verónica, ahí estaremos. Y con gusto te ayudaré aunque estaría pecando de nuevo si veo otro animal servido en un plato.

Ella carcajea nuevamente. —Está bien, cariño, me conformo con que me ayudes con los demás ingredientes.

Al terminar la llamada con la madre de Matthew me entran de nuevo las ganas de llorar, Ana sube a la habitación y me encuentra hecha un desastre llorando en la cama. Ella me platica primero sus planes con Joe.

— ¿Entonces no vas a irte con él?

—De momento no, me gusta vivir aquí y si voy a casarme prefiero aprovechar todo el tiempo que me queda, además con la llegada del bebé, mamá se ofreció a ayudarme.

— ¿Joe cómo lo tomó?

—Está furioso, no quiere perderse nada de mi embarazo, pero ya se le pasará.

Ariana, ¿Qué voy a hacer contigo?

—Mis padres están feliz de tenerte aquí de nuevo.

—Lo creas o no, también yo.

Le dije a Ana lo planes de noche buena con la familia de Matthew y asombrada por mi estúpida y valiente decisión me apoyó en todo siempre y cuando no afecte mi salud emocional, bueno, es un poco tarde para eso. Matthew Reed ha sido mi cura, pero también mi perdición.

Una Ana hormonal ha llenado mis días. La visita al ginecólogo nos confirmó que está de cuatro semanas y mientras ella lloraba, un Joe en estado de shock todavía no podía creerlo.

El tiempo va corriendo demasiado rápido, en dos días es noche buena y hoy tendré que partir a *Crest Hill* con Matthew para reunirnos con su familia. He pasado mis noches llorando antes de dormir, lo extraño demasiado, pero él se ha castigado en no hablarme y ni siquiera verme, se llamó a sí mismo *monstruo*. Y aunque el dolor de su mentira ha disminuido, su frialdad me está matando.

Preparo mi maleta y se me parte el alma en dos al ver que mi teléfono sigue sin una llamada de él o un mensaje. Su madre y su hermano volvieron a llamar y parece que los planes siguen siendo los mismos.

— ¿Belle? —me llama Ana. —Es Matt, está abajo.

Oh, mi cielo santo.

No sé a qué se deben mis nervios, bueno, sí lo sé pero no sé cómo controlarlos, estoy a punto de bajar las escaleras sin mi maleta para no ser tan patética, si al final ha decidido no llevarme a casa de su madre.

Con el corazón hecho un hilo lo veo que está hablando con Joe y el padre de Ana.

—Espero la pasen bien, cuida de ella. —Dice Rob estrechando su mano.

Matthew permanece serio, me encanta cómo se ve con su chaqueta negra y sus vaqueros negros, se ha dejado crecer un poco más la barba, él no lo sabe, pero verlo un poco desaliñado es dolorosamente sexy.

—Isabelle, te ves preciosa—Dice Rob viéndome bajar por las escaleras. La mirada de Matthew recorre todo mi cuerpo, han pasado varios días desde la última vez que nos vimos.

¿Pero a quién engaño? todo lo que tenga que ver con Matthew siempre es mi primera vez.

— ¿Y tu maleta? —Pregunta Matthew con lo que parece una sonrisa forzada.

Abro mi boca para contestar y Ana sale detrás de mí cargando mi maleta, se la arrebato de las manos por su estado y ella me guiña un ojo, deseándome buena suerte.

Si existe tal cosa, creo que la necesito toda.

—Que tengan un buen viaje, chicos—Dice Norah dándome un beso en la mejilla.

Me despido de todos y Matthew toma mi maleta, no me ha dirigido la palabra. Solamente lo hizo para preguntarme por mi estúpida maleta y aunque no me he subido al auto, ya estoy arrepintiéndome por mi decisión.

Por fin subo al auto y aprieto mis manos en mi regazo. Mi nariz se mueve como un huracán de lo nerviosa que me siento y escucho a Matthew gruñir en voz baja.

—No tienes que hacer esto, Elena.

—Lo hago por tu madre y hermanos, les di mi palabra. —Me defiendo, no quiero que sienta que lo hago por él, pero en realidad también es por él.

Resopla y pone el auto en marcha. No nos decimos nada, no le he preguntado nada, ni cómo ha estado y él tampoco lo hace. Decido romper el silencio poniendo un poco de música. Y al instante me arrepiento al escuchar la voz de *James Morrison* y la canción *the pieces don't fit anymore.*

Well I can't explain why it's not enough

Un dulce encuentro en el infierno KRIS BUENDIA

Cause I gave it all to you

And if you leave me now

Oh, just leave me now

It's the better thing to do

It's time to surrender

It's been too long pretending

There's no use in trying

When the pieces don't fit anymore.

No puedo explicar porque no es suficiente

Porque te lo di todo a ti

Y sí me dejas ahora

Oh, simplemente déjame ahora

Es la mejor cosa para hacer

Es tiempo de rendirse

He pasado mucho tiempo pretendiendo

No hay uso en el intento

Cuando las piezas no encajan más.

El corazón se me hace pequeño y aprieto
los ojos con mucha fuerza para no llorar,
me dejo caer en el asiento y veo hacia la

ventana. Esperando que el viaje sea tan rápido y pueda salir de este ambiente tan incómodo, cuando lo único que quiero hacer es tomar su mano y besarla. Sentirla de nuevo cómo me toca y sus labios apoderándose de los míos.

Pero está muy lejos.

Él no hace el intento por quitar la canción, somos un par de masoquistas que intentamos decirlo todo con una canción. Mi sexto sentido tiene otra estúpida idea, saco el iPod de mi bolso y lo conecto en el auto, si la música hablará por nosotros, pues tengo la canción perfecta.

Butterfly de *Christina Perri* empieza a sonar a todo volumen, una canción triste, así me siento en estos momentos.

And you're a pretty butterfly

And I believed all your lies

Blinded by your sideways smile

And the kindness in your eyes

But there's a limit to your flight

I can offer you a better life

But you keep on flying from the light

And I've lost my faith in wrong and right

And I've made the same mistakes

But I won't this time.

Y tú eres una mariposa hermosa

Y creí en todas tus mentiras

Cegado por tu sonrisa de lado

Y la bondad en tus ojos

Pero hay un límite para tu vuelo

Te puedo ofrecer una vida mejor

Pero sigues volando de la luz

Y he perdido mi fe en el bien y mal

Y he cometido los mismos errores

Pero no lo haré esta vez.

Él no dice nada, no puedo leer su lenguaje corporal pero su cejo está más fruncido esta vez.

Háblame, Matthew.

Pero no lo hace...

La casa es hermosa, su madre, Verónica me recibe con un gran abrazo y un beso, también Susan. Nick me levanta del suelo cuando me abraza y hace que Matthew lo amenace con la mirada.

Esto va a ser interesante.

—La habitación de Matthew está lista para que te pongas cómoda—Me avisa Verónica.

La incomodidad invade mi cuerpo, no quiero compartir habitación con Matthew.

— ¿Te importaría si comparto habitación con Susan?

Me ve y se sorprende de mi petición.

— ¿Ha pasado algo?

—N... No es solamente que no me parece correcto—tartamudeo con mi explicación.

—De ninguna manera, soy una madre actualizada y que compartas habitación con tu novio en casa de su madre no es ningún problema para mí.

Pero para mí sí.

Dejo de protestar y acepto la habitación,
espero que Matthew sea más persuasivo
y duerma en otro lugar sin levantar
sospechas.

— ¿Estás segura que no ha pasado nada?
¿Te ha lastimado? Porque si es así ahora
mismo le daré esas nalgadas de las que
tanto ha estado pidiendo a gritos.

Sonrío ante su comentario y vuelvo a
explicarle que entre su hijo y yo todo
marcha *maravillosamente bien.*

Susan me muestra la casa un poco
nerviosa, su teléfono suena y ella no lo
contesta, lo que me parece que está
evitando a alguien.

— ¿Por qué no contestas? —pregunto
mientras nos sentamos en la sala.

—No digas nada pero hay un chico, lo
acabo de conocer y vive cerca de aquí, y
si mis hermanos se enteran me matan—
Continúa nerviosa: —me ha invitado a su
casa para conocer a sus padres... y yo...
no sé qué hacer.

—Susan, si te ha invitado a su casa a
conocer a sus padres no veo el problema,
¿Tu madre lo conoce?

—Sí, se lo he presentado en una ocasión
mientras salíamos a caminar,

coincidimos y mi madre dice que es un buen chico y de buena familia.

— ¿Entonces cuál es el problema? — vuelvo a preguntar.

—Yo... yo nunca he salido con un chico y estoy nerviosa ¿Y si su familia no me aprueba?

—A ver, Susan, ¿Ese chico y tú son novios?

Ella se sonroja.

—Novios, novios... no, pero si me gusta y le gusto. Tenemos casi un mes de conocernos pero que hoy estén todos reunidos me pone nerviosa, le prometí presentarles a mis hermanos pero ahora que vi a Matthew un poco serio tengo miedo de su reacción.

—Mira, por Matthew no te preocupes que su cara de pocos amigos no va a alejar a ningún chico, además, ese chico por lo que me cuentas va en serio. No tengas miedo y estoy segura que sus padres te adorarán, eres una chica muy dulce. No veo cuál es el problema. —La ánimo.

—Gracias, Belle. —Me abraza—Lo invitaré esta noche, mañana es noche buena y él estará con su familia, quizás después de conocer a la mía yo acepte conocer a la suya.

—Me parece un buen plan, se tú misma; me alegro mucho por ti.

— ¿Tú y Matt están bien? —pregunta como si leyera mi rostro.

—Hemos discutido pero... ya se pasará— Miento.

—Mi hermano puede ser un idiota muchas veces, pero lo que has hecho con él es admirable, lo has rescatado, ni mamá ni nosotros pudimos hacerlo, te debemos eso y más.

Sus palabras hacen que me rompa a llorar y ella se asusta.

—Lo siento... es sólo que nunca he pasado noche buena con un novio y estoy algo cansada. —me excuso.

—Te mostraré la habitación para que descanses un poco.

La habitación es hermosa y tiene un toque especial en los colores, se siente como un hogar. La cama es grande, lo suficiente para que tres personas duerman en ella. Hay trofeos de Matthew, pero ninguna fotografía de él. Sin embargo, hay muchos libros que parecen ser de secundaria.

Desempaco la pequeña maleta y también hago lo mismo con la de Matthew, la coloco en el closet y dejo la maleta a un lado del baño.

Cuelgo mi chamarra y me quito las botas para dejarme caer sobre la cama. Hay un pequeño libro que llama mi atención. Lo cojo y vuelvo a acomodarme sobre la cama.

El titulo me hace soltar una carcajada *El idiota*[18]. En ese momento se abre la puerta y es Matthew que ha subido con un par de sábanas. Me ve con el libro en las manos y una pequeña sonrisa se asoma pero al mismo tiempo se desvanece.

¿Cuál es su problema?

— ¿De qué trata este libro? —pregunto para que de una vez por todas me dirija la palabra.

Coloca las mantas sobre la cama y se sienta en una silla, me decepciona que esté tan lejos de mí.

—Narra la historia de un príncipe que sufre de epilepsia. Por ello fue enviado a Suiza cuando era un niño para ser tratado por un médico que al morir el tutor del niño, se hace cargo económicamente de él. —Me explica y

---

[18] Fiódor Dostoievski (1869-Rusia)

continúa: —es un poco triste, no deberías leerlo, hay más libros que puedes leer.

Coloco de nuevo el libro en su lugar y su mirada se desliza de nuevo por todo mi cuerpo, sé que está buscando las marcas que él ocasionó, pero han desaparecido.

La marca que ha dejado su amor en mi corazón, ésa jamás desaparecerá.

— ¿Estás bien? —pregunto y su mirada se encuentra con la mía.

—Sí ¿Y tú?

—Perfectamente.

—Tu nariz dice lo contrario—maldigo para mis adentros.

—Si quieres irte, puedo...

—No Matthew. Mejor dime si quieres que me vaya—lo ataco con mis palabras mientras él me ve sorprendido.

— ¿Quieres que me vaya? —pregunto y su mirada baja hacia un punto en el suelo.

No responde, entonces me levanto y camino acercándome a él. El corazón se me va a salir pero tengo que hacerlo, tengo que enfrentarlo, no puede hacerme esto, no aquí delante de su familia.

—Te he hecho una pregunta—Lo reto.

Levanta su mirada y niega con la cabeza. Es todo lo que necesito saber. Acaricio su cabello, está siempre suave y me gusta sentirlo entre mis dedos, él respira con dificultad y toma mis muñecas pero las suelta de inmediato, entonces prosigo. Acaricio su cara y levanto su rostro, tiene los ojos cerrados. Sus labios me llaman pero tengo miedo de besarlo y que me rechace.

¡Hazlo! ¡Bésalo!

Cierro mis ojos y me dejo llevar por la voz en mi interior entonces lo beso suavemente esperando alguna reacción, pero no hace nada, me está dejando que lo bese. Sigo besándolo apretando más mis labios, paso mi lengua por su boca y su respiración se vuelve más agitada.

Aparto sus brazos y me siento sobre su regazo y continúo la exploración en su boca, esta vez él me toma del cuello y me devora los labios con tanta furia como si me hubiese extrañado tanto como yo a él.

Se detiene.

Me levanta y me sienta sobre la cama.

No dice nada, yo estoy esperando más, entonces, camina alejándose de mí y se va.

De nuevo me siento rechazada como la primera vez que le dije que me besara. Esta vez me besó pero rechazó mi corazón y el suyo. Cierro mis ojos esperando que mis lágrimas no me traicionen, pero lo hacen. Lloro. Lloro llevándome la mano hacia la boca para no sollozar tan alto, me está matando lentamente. No entiendo qué es lo que le pasa, lo he perdonado. He perdonado su mentira, pero no apoyaré su estilo de vida. Eso es algo que jamás podré entender, porque eso no lo define.

Ser el *halcón* no lo define, es Matthew, Matthew Reed graduado en literatura y futuro *profesor*.

Al aclarar mi mente y dibujar en mi cara una falsa sonrisa, salgo de la habitación. Verónica se encuentra en la cocina preparando algunas cosas para la cena de mañana, le ofrezco ayudarla y ella acepta con una sonrisa. Después de terminar ella sube a darse un baño y Susan se queda conmigo.

— ¿Dónde están tus hermanos? — pregunto al ver que la casa permanece en un gran silencio.

—Han salido a comprar unas cosas que mi madre necesita.

Eso me hace en pensar que no he comprado los regalos para mañana. Le propongo a Susan que me acompañe y ella acepta encantada. Le explicamos a Verónica que iremos a caminar y ella aprovecha para tomar una siesta.

Visitamos varias tiendas, ya tengo los regalos de cada uno pero Susan no tiene idea de lo que he comprado porque la dependienta la ha entretenido. A Verónica le he comprado un hermoso collar de perlas con unos aretes a juego, a Susan un par de botas y un bolso para su nueva aventura universitaria. Para Nick no fue tan difícil encontrar un regalo, es fanático de los relojes así que mañana tendría otro para su colección.

El último regalo hizo que el corazón se me encogiera, hice un par de llamadas para cambiar la dirección de entrega, se enviará mañana mismo por la tarde y mientras tanto me preparaba mentalmente por su reacción.

Al terminar las compras, llevo los regalos a la habitación y los escondo en el armario. Matthew y Nick aún no han regresado de sus compras y estoy un poco ansiosa por ello. Ayudo a Susan y Verónica con la cena y minutos después llega Matthew y Nick, mi chico está con el cejo fruncido y parece preocupado.

—Le he dicho a Ian que puede venir esta noche y ha invitado a su primo. —Me informa Susan con una sonrisa increíble en su rostro. Una sonrisa de ilusión y siento hasta envidia al recordar cuando fue la última vez que me sentí así con su hermano.

—Me parece perfecto, pondré dos platos más. —Le hago un guiño.

Dos horas después escucho el timbre y Susan sale como rayo a abrir la puerta, sus hermanos la observan con mucha cautela y su madre intenta disimular la reacción de ellos.

—Mamá, ¿Recuerdas a Ian? —Ian es un chico de la edad de Susan, es alto y ojos marrones, se ve algo tenso y nervioso junto con un ramo de flores. Su primo desde que entra al salón, su mirada fue un poco brusca conmigo. No se parece nada a Ian a diferencia que también tiene ojos marrones y se ve algo mayor.

—Por supuesto. —Lo saluda y él le entrega el ramo de flores.

Susan prosigue presentado a Ian y a Kurt a sus hermanos pero éste último se adelanta y se presenta solo conmigo. Matthew rápidamente lo fulmina con la mirada y la tensión se forma en el aire de inmediato.

—Un placer conocerte, Isabelle. —Besa mi mano.

Es lo menos que necesito o quizás necesario para que Matthew deje de ignorarme.

La cena es un poco incómoda, tengo enfrente de mí a Kurt y cada vez que se lleva la copa de agua a la boca sus ojos me carcomen. Es demasiado incómodo pero por Susan me contengo a no salir corriendo.

Por otro lado el brazo de Matthew me rodea y aclara su garganta, haciéndole saber al tal Kurt que no estoy disponible.

¿Quién te entiende Matthew Reed?

— ¿Y a qué te dedicas Kurt? —pregunta Nick. Creo que también se ha percatado de sus miradas lujuriosas en toda la cena.

—Estoy realizando la pasantía en cardiología. —contesta sin quitar la mirada en mí.

— ¿Y tú, Isabelle a qué te dedicas? —Desvía la pregunta hacia mí. Esto es demasiado incómodo.

Cuando estoy a punto de responder, Matthew responde por mí:

—Mi novia, está por graduarse —No específica, responde tajante y ese tono de *mi novia* lo ha dicho con tanta dificultad que todo el mundo se ha dado cuenta.

No digo nada y me limito a ver a Susan y a Ian y sonreírles. Cuando la cena acaba sigo a Verónica para ayudarle en la cocina. Ella me insiste que me una con los chicos y a regañadientes hago lo que me pide.

Regreso a la sala y no veo a Matthew pero sí a Susan, Nick y Kurt. Me desplazo afuera para tomar un poco de aire y hablarle a Ana para asegurarle que todo marcha bien aunque omito mi hostilidad con Matthew.

Una vez finalizo la llamada con Ana, escucho pasos detrás de mí.

—Tu novio es muy celoso—Dice acercándose, y no ha sido una pregunta, es más una afirmación que no parece molestarte.

Me limito a meter las manos en los bolsillos de mi chaqueta. Sin importarle la falta de interés en crear una conversación se acerca más.

— ¿Te importa? —pregunta enseñándome un cigarrillo.

—Para ser médico no es muy sensato de tu parte. —Él sonríe como si mi comentario haya sido un cumplido y no una crítica.

—Ella habla—susurra. — ¿Qué estudias? —Da su primera calada.

—Historia—contesto cortante.

—Interesante, antes no me gustaba— sonríe—ahora sí.

—Deberías de dejar de hacer eso, estás en la casa de mi novio y has venido con tu primo.

—No soy celoso—responde entre risas.

Su nivel de estupidez es demasiado alto para mi gusto.

—Quizás no seas celoso, pero sí lo bastante estúpido como para querer estropear la cena de tu primo con Susan.

Alguien aclara su garganta y él da un paso atrás.

— ¿Todo bien? —pregunta Matthew en compañía de Nick.

Asiento pero mis manos me delatan y él se da cuenta.

—Le decía a Isabelle que ahora que sé con más detalle su carrera me gusta.

— ¿Su carrera o ella? —pregunta Matthew.

—Ambas—responde con arrogancia y se encoje de hombros.

Escucho a Nick gruñir y Matthew me ve con furia.

¿Y ahora qué hice?

— ¿Estás diciendo que te gusta mi chica?

—Creo que ya sabes la respuesta a eso.

Dios, es un idiota, quiere morir aquí mismo.

Veo que Matthew se aproxima con los puños cerrados y Nick no lo detiene, en cambio se aproxima de la misma manera.

—Detente—pongo la mano en su pecho. —Te está provocando.

—Deberías de cuidar más a tu chica, la encontré aquí sola en esta noche fría. — El maldito Kurt está firmando su sentencia de muerte.

—Y tú—lo señalo con el dedo—Ten un poco de respeto y retírate antes de que arruines la cena a tu primo.

Resopla y sonríe.

Nick suelta una carcajada y un malhumorado Kurt regresa con su primo. No sin antes desnudarme con la mirada.

— ¿Qué estabas haciendo aquí sola con él? —su pregunta parece culparme de lo que estuvo a punto de pasar y eso me molesta. No, me enfurece.

— ¿Estás bromeando? —lo veo y Nick deja de reír.

— ¿Me ves riendo? —Su soberbia pregunta es lo que termina de estropear la noche.

—Siempre tiene que ser mi culpa ¿No?

Se suaviza su mirada y se transforma en culpa. Cuando estoy a punto de echarme a llorar me dirijo a la puerta y él toma mi brazo pero me suelto de inmediato y sigo mi camino. Al entrar a la sala me despido de Susan y de Ian, no veo por ningún lado a Kurt, así que es buena señal.

Voy a la cocina donde todavía se encuentra Verónica y le doy las buenas noches y le digo que me iré a descansar. Ella sospecha de mis ojos que seguramente están inyectados de un color rojo y se limita a no hacer preguntas.

Subo a toda prisa a la habitación y me dirijo al baño. Aquí ya no puedo tener mi escudo. Me echo a llorar y me meto a la ducha cuando escucho que alguien abre la puerta de la habitación.

Me baño a paso lento y salgo cuando ya no escucho ningún tipo de ruido. Abro la puerta y la habitación está demasiado oscura que tropiezo con mis propios torpes pies.

Se asoma una luz ligera por la ventana y puedo ver un bulto en la cama.

¡No puedes hacerme esto!

¡Es una tortura!

Lentamente rodeo la cama y me meto bajo la sábana, hace demasiado frío así que me cuesta un poco dejar de temblar, aunque no es por el frío sino porque Matthew está semidesnudo a mi lado.

No dice nada.

Espero que se acerque y sólo escucho su respiración.

Nada.

No me toca.

No habla.

Me ignora.

Me desperté primero que él. Fue difícil
conciliar el sueño en toda la noche. Lo
observé dormir toda la madrugada. Lloré
un par de veces en silencio viendo su
rostro y sin poder tocarlo de la misma
manera que lo hacía semanas atrás.

Paso todo el día en la cocina con
Verónica, y un fuerte dolor de cabeza ha
estado haciendo mi día más difícil de lo
que pensaba que iba a ser.

La cena se ve deliciosa, y Susan ha
decorado la mesa de manera elegante.
Cuando Matthew despertó por la mañana
ni siquiera me dijo *buenos días*. Todos en
la casa se han dado cuenta de nuestra
distancia; pero no han hecho ningún
comentario al respecto.

Es hora de prepararme para la cena,
Susan quiere que le ayude a maquillarse
así que lo hago. Se ve hermosa con su
vestido negro de cuello V parece una
linda muñeca, ahora entiendo los celos
de sus hermanos. Es una hermosa joven
risueña.

Mi vestido es color crema y el escote de
mi espalda está adornado con encaje.
Llevo mi cabello suelto y por consejo de

Susan me he hecho un par de ondas que caen por mi espalda.

—Te ves hermosa, Matt se cagará en los pantalones. —suelto una carcajada por su comentario. Matthew hará de todo menos eso. Yo soy un cero a la izquierda en estos momentos.

Bajamos juntas al comedor y Verónica se ve elegante con su vestido rojo, Nick viste elegante, y hasta parece serio, pero cuando empieza a hacer sus comentarios de lo sexy que nos miramos, mi concepto cambia y sigue siendo el mismo Nick.

Matthew viste de traje pero sin corbata, se ha afeitado y se ve jodidamente bello. Tanto que se me hace agua la boca. No puedo quitar mis ojos de él ni él de mí. Ha recorrido mi cuerpo tantas veces que ya he perdido la cuenta.

—Hay que dar las gracias—Solicita Verónica tomando la mano de Susan. Seguido de Nick y por último Matthew me ofrece su mano y siento todo mi cuerpo explotar cuando la toco.

La cena ha sido un poco silenciosa pero agradable, es la primera vez que pasan noche buena juntos después de que su padre, Edward, falleció. El rostro de Verónica se llena de lágrimas al recordar algunas anécdotas. Es increíble escuchar que a Edward le gustaban los deportes extremos y un terrible accidente haya acabado con su vida.

Verónica cuenta la primera vez que le regalaron un libro de poemas a Matthew y éste sonríe con nostalgia.

Al terminar la deliciosa cena, nos trasladamos a la sala donde haremos los intercambios de regalos. Me sorprende ver que todos tienen un pequeño presente para mí. El corazón me rebota en el pecho al ver una pequeña caja negra de terciopelo que Matthew me tiende en la mano. Cuando la abro no puedo evitar que los ojos no se me humedezcan.

La abro y me llevo la mano a la boca.

—Sin ti sería sólo una joya. —dice poniéndome la pulsera de oro blanco que lleva dos dijes, uno es una ala de mariposa y otro es una pluma.

Las plumas del cuervo.

—Es hermosa, gracias—beso su mejilla.
—Tu regalo espera en la habitación. —susurro.

Él me ve con cierta sorpresa.

—No es lo que piensas—Lo detengo en su vago pensamiento: —es pesado, por eso lo he dejado en tu habitación.

—Un regalo en la habitación, Eh—se burla Nick.

Me sonrojo y Matthew sonríe igual de apenado.

Mis regalos son hermosos y agradezco para mis adentros por ser parte de esta hermosa noche pese a mi distanciamiento con Matthew. Su familia ha sido maravillosa y su madre me ha enamorado con su deliciosa comida vegana que ha preparado especialmente para mí esta noche.

Permanecemos en la sala y todos disfrutan y comentan de sus regalos. Nick ha quedado encantado y Verónica no ha resistido y ha decidido usar el collar y los pendientes.

—Te ves hermosa—susurra Matthew en mi oído, me ha sorprendido tanto que he detenido mi respiración.

—Respira, Elena.

Lo hago y persigo sus labios con mi mirada, no ha pasado tanto tiempo desde la última vez que lo besé y estoy tan lejos de conseguirlo que me mata poco a poco.

El dolor de cabeza se ha intensificado haciéndome quedar tumbada en el sofá sin moverme y sólo contemplar mi nueva pulsera.

— ¿No te ha ayudado la pastilla que te di hace un momento, querida? —pregunta la madre de Matthew.

Niego con la cabeza y hasta eso me duele.

—Deberías descansar, no has parado todo el día de ayudarme. —Me aconseja.

— ¿Puedes andar? —pregunta Matthew, veo preocupación en su mirada y por más que quiera que me lleve en brazos, mi orgullo me dice que tome valor y camine por mi cuenta.

Ignoro su pregunta y me despido de todos, a continuación, subo a la habitación, Matthew me sigue pero no dice nada. Me meto a la cama con todo y vestido y él apaga la luz y me deja sola.

Sola.

Ignorada.

Me limito a no llorar, mi cabeza me va a explotar, así que cierro mis ojos y me sumerjo en un profundo sueño donde Matthew no me ignora y no rechaza mis besos y tampoco existe el *polígono del infierno* ni sus mentiras.

Me despierta el sonido de la ducha. Veo la chaqueta de Matthew sobre la orilla de la cama. El dolor de cabeza se ha ido aunque mis entrañas arden en estos momentos. Él está del otro lado. Desnudo... mojado.

Me levanto de la cama, me siento y despejo los pensamientos lujuriosos de mi mente. Estoy tan lejos de sentir el cuerpo de Matthew y sólo pensarlo me da ganas de llorar. Observo el regalo que está cerca de su escritorio y me apresuro a ponerlo sobre la cama para cuando salga.

Minutos después lo veo que sólo lleva una toalla alrededor de su cintura. Mis ojos examinan cada parte, y cada gota que se desliza por su perfecto torso desnudo. El ojo del cuervo me ve con recelo y me burlo de él para mis adentros.

— ¿Cómo te sientes? —pregunta haciéndome buscar sus ojos y hay una sonrisa escondida. Él sabe que lo he observado como siempre lo hago. Me deslumbra su belleza de adonis.

—Bien—carraspeo mi garganta nerviosa.

— ¿Qué es eso? —pregunta viendo el regalo sobre la cama.

—Tu regalo. — mi voz ahora suena tímida. Él sonríe y se acerca a la cama. Lo observo, amo observarlo con el cejo fruncido cuando está concentrado en algo. Amo cómo muerde su labio cuando algo le causa curiosidad. Todos los gestos que amo de él los está provocando mi regalo.

Quita el papel con mucho cuidado y la expresión en su rostro es la verdadera obra de arte.

Es un cuadro en blanco y negro con marco plateado donde se detalla el cuerpo de un hombre. La mitad de su cuerpo desnudo está sobre la cama y lleva tatuado el ojo de un cuervo en su espalda ancha. También se ve el perfil de una mujer besándolo.

Es su espalda.

Es mi perfil.

Y son mis labios.

En mi cuello se asoma la mariposa plateada y en la oscuridad se iluminan las pequeñas piedras que la adornan.

"Salvo tú y yo únicamente"

Él y yo.

Tú y yo.

— ¿Cuándo tomaste esta foto? — pregunta impresionado.

—Cuando dormías. —le explico—No pude evitarlo.

—Me has dejado sin palabras, Elena, es hermoso.

—Me alegro que te guste.

Al menos me ha sonreído de nuevo.

No me ve. Sus ojos siguen admirando el cuadro. Y ese brillo era justamente lo que quería ver.

—Te amo, Matthew—murmuro y sé que no puede escucharme.

Me aparto de él y con lágrimas en mis ojos empiezo a quitarme el vestido, no me importa desnudarme enfrente de él. Pero le doy la espalda, mis lágrimas corren por mi rostro.

Me siento tan cerca y tan lejos a la vez. Su frialdad me lastima demasiado y es tan frío que quema poco a poco cada parte de mi alma.

Escucho su respiración cerca de mi cuello. No me detengo, sigo desnudándome, esta vez voy por mi sostén. Sorbo por la nariz y él me gira para verme a la cara.

— ¿Por qué lloras?

No respondo y tampoco lo veo a la cara, aprieto mis puños tan fuerte que siento que voy a herir las palmas de mis manos.

—Elena, mírame—Me ordena pero no me toca.

—No puedo—susurro.

— ¿Por qué no puedes?

—Me duele cómo me miras —confieso y al segundo me arrepiento. No quiero que sepa que la estoy pasando mal.

No quiero que sepa que lo necesito a morir.

— ¿Cómo te miro?

—Con desprecio.

—No es desprecio—Sigue sin tocarme— No quiero que sigas ardiendo en el infierno conmigo.

—Pareces tan calmado.

— *Cuando un loco parece completamente sensato, es ya el momento, en efecto, de ponerle la camisa de fuerza.*

—No eres un loco—No estoy de acuerdo con *Poe* en esa cita.

—Sí lo soy, te arrastré conmigo, tú lo dijiste. —Sé lo que dije y no me arrepiento de haberlo dicho. Pero sí me arrepiento de haberme ido y haberlo dejado.

Alzo la vista y veo que tiene los ojos cerrados.

No quiere verme llorar.

Eso lo lastima.

Me pongo de puntillas y pongo mis manos alrededor de su cuello. Llevo mis labios hacia los suyos y le doy un beso casto para que reaccione.

No lo hace.

— ¿Ya no me amas? —susurro.

—Te mereces algo mejor.

—Te quiero a ti. —vuelvo a besarlo y pongo las manos en su pecho.

—Detente, Elena. —Permanece con los ojos cerrados, los aprieta tanto que parecen doler.

—Te necesito, Matthew. —Confieso con lágrimas en mis ojos—Necesito que me ames, necesito que me hagas tuya para sentirme viva de nuevo. Yo también he muerto sin ti.

Lo toco y aprieto mi cuerpo con el suyo. Él gruñe.

—Por favor—Sollozo.

También lo quiere y se resiste.

Abre los ojos y me estudia, su mirada sigue siendo fría pero puedo ver deseo en ellos. Ve mi cuerpo desnudo y respira con dificultad.

Te desea.

Me acerca con frenesí a su boca de nuevo y me la devora con furia y gimo dentro. Me tumba sobre la cama y su toalla cae al suelo. No se preocupa en usar preservativo, está tan excitado y furioso a la vez que ni siquiera se da cuenta que me está haciendo daño cuando me penetra.

Pero no me importa.

Gimo y lloro a la vez. Es salvaje cada una de sus embestidas. Respira en mi cuello, no me besa, no me ve. Sólo está saciando su cuerpo y el mío.

Esto no es hacer el amor.

—Matthew...

No responde.

Quiero pedirle que se detenga, pero no lo hago.

¿Por qué no lo hago?

—Matthew...

Tiene los ojos cerrados. No ve que estoy llorando. Mi cuerpo lo necesita pero mi mente está bloqueada por sus fuertes embestidas que lo desconozco. Me arremete una última vez y se deja caer sobre mí.

No dice nada.

Hay mucho silencio

Mariposa, necesito que me mires cuando te hago el amor.

Esta vez no me lo pidió, ni siquiera me vio.

¿Dónde está el Matthew que me hacía el amor? Me ha hecho daño como jamás pensé que lo haría.

Me levanto de la cama y corro hacia el baño. Me lleva varios minutos asimilar la situación. Estoy hecha un desastre y me duele la entrepierna. Empiezo a llorar dentro de la ducha. Las lágrimas se mezclan con el agua de nuevo. Escucho que abre la puerta y no me importa, me dejo caer en el suelo, llevo mis rodillas hasta mi pecho mientras el agua cae sobre mí.

Sigo llorando y el cristal del baño se abre.

Sé que es él.

Veo un pie dentro de la ducha, luego dos hasta que su sombra se apodera de mí. Me levanta del suelo.

Yo lo permito, como he permitido que entre a mi corazón, que lo destruya y ahora dejo que me lleve a la cama de nuevo. Me mete bajo la sábana y se va.

De nuevo.

No dice nada.

Me ignora.

Lo ignoro.

Despierto y no lo veo.

No durmió conmigo.

Me meto a la ducha y al salir empiezo hacer mi maleta, con el dolor en mi corazón tengo que irme horas antes de lo planeado. Anoche me quedó más que claro que fui un *polvo* más en su vida. El *polvo* que pensé que no llegaría a ser.

Salgo rápido de la cama y me preparo para bajar. Una hora después salgo por la puerta y me encuentro a Susan llorando en el pasillo.

—Dios mío, Susan ¿Qué pasa?

Ella murmura un par de cosas. Se trata de Ian y su primo Kurt.

—No entiendo nada de lo que dices—La llevo de la mano hacia su cuarto y cierro la puerta para que nadie pueda escucharnos.

—Ian...—solloza—Anoche hablamos y cuando iba a finalizar la llamada escuché que hablaba con su primo Kurt, no se dio cuenta que la llamada seguía conectada y...—Vuelve a llorar y la abrazo.

—Tranquila, Susan.

—Kurt decía que yo era una presa fácil y le daba consejos de cómo llevarme a la cama en año nuevo y...—Solloza más. Me parte el corazón tener que escuchar todo esto. Entonces prosigue: —Ian dijo que era tan ingenua que caería antes de año nuevo.

Hijo de...

—No puedo mentir en decirte que no me da gusto que hayas escuchado todo eso, porque no es así. Al contrario, mejor ahora y no después cuando te hayas dejado llevar por tu corazón. Y en cuanto a su primo Kurt, es un imbécil.

—Belle, Kurt dijo que tú serías su regalo de año nuevo.

Se me encoge el estómago. Ese tipo está loco y su primo es un idiota. Ambos lo son.

—No te preocupes por el par de idiotas, Susan. No llores, no vale la pena.

Conocerás al chico de tus sueños en el momento menos esperado. —La abrazo— Eres afortunada, muchas chicas se dan cuenta ya demasiado tarde.

Su mirada es como si estuviese hablando en primera persona.

—Yo tuve un novio y me engañó. No rompió mi corazón pero sí la confianza en mí misma. —suspiro y continúo: — Después apareció tu hermano—me trago mis lágrimas. —Y ya ves. Somos felices juntos.

—No lo eres, Belle. —Me toma por sorpresa: —Los he visto, se han estado ignorando y tus ojos te delatan.

Una chica de dieciocho años resultó ser más inteligente que yo.

—Lo resolveremos. —Le prometo.

—Eso espero y ¿Belle? —asiento—No le digas nada a mi madre o a mis hermanos.

—No lo haré y gracias por confiar en mí, aquí estaré siempre que lo necesites.

No puedo irme ahora que Susan me necesita, le dije que estaría aquí siempre y es lo que pienso hacer.

Dos corazones rotos en una habitación. Un idiota que quiere cazar a su presa y un poeta indiferente que no sigue su corazón.

Vaya par.

Para distraernos salimos a caminar cerca de casa. Matthew y Nick salieron desde muy temprano.

—Se siente bien, tener una cuñada que sea también tu amiga. —Hace un cumplido y sonrío.

—Se siente bien, tener una cuñada que también sea tu amiga y pequeña hermana. —La imito.

Nos detenemos por un par de bebidas y mientras seguimos nuestro recorrido, Susan se estremece y está más pálida que una hoja.

—Ahí está Ian y Kurt—Señala con los ojos abiertos.

—Tranquila, esos idiotas no se acercarán a nosotras.

Pero mi seguridad falla y los ojos de Kurt se encuentran con los míos. Sonríe como un rufián atisbando su presa.

Nos desplazamos hacia la calle contraria, Susan se sostiene de mi brazo. Está nerviosa y tiembla. Yo no tengo miedo por mí, pero sí por ella. Los perdemos de vista y nos llena de alivio.

Regresamos camino a casa, las calles son algo solitarias pero Susan dice que es seguro. Escuchamos unos pasos detrás de nosotras pero no le tomo importancia. Seguimos conversando de la universidad y mis planes.

—Susan—llama alguien detrás.

Susan empieza a temblar de nuevo al ver el rostro de Ian, pero no veo a Kurt con él.

—Necesitamos hablar—No es un ruego es una orden y no me gusta el tono de su voz, aquel chico dulce ha desaparecido.

—No necesitamos hablar, Ian. Déjame en paz—Le espeta Susan. Está temblando pero su voz es firme y me hace sentir orgullosa de ella.

Él intenta acercarse a ella y yo lo detengo.

—Ella dijo que no quiere hablar contigo, Ian. —Lo estudio y hay recelo en su mirada. No me gusta cómo me ve ni cómo ve a Susan.

—Tú no te metas—Me gruñe el muy listo.

— ¡No le hables así! —le grita Susan.

La aparto de él, pero vuelve a avanzar hacia nosotras y Kurt se asoma por el otro extremo.

Veo a mi alrededor y no hay nadie más que pueda ayudarnos, Susan empieza a temblar y yo también.

—Sólo necesito cinco minutos, por favor. —Esta vez su tono es suave pero no me convence.

—He dicho que no. —Susan se agarra más fuerte de mi brazo y me hace caminar. Entonces escuchamos más pasos detrás de nosotras.

Una ola de aire corta el contacto de Susan conmigo. Ian la ha tomado del brazo llevándola hacia él con mucha fuerza.

— ¡Déjala! —grito forcejeando para quitársela de las manos entonces otro par de manos me separan de ellos.

Kurt me tiene agarrada de las muñecas y se ríe a carcajadas, huele a alcohol. Está borracho.

— ¡No la toques! —vuelvo a gritar sin importarme que Kurt intenta meter su lengua en mi boca.

Logro soltar una mano y va directamente a su rostro. Eso lo enfurece y sus fosas nasales se abren como aletas y me regresa el golpe, haciéndome caer al suelo.

— ¡Joder, Kurt! —grita Ian. Parece que es la primera vez que ha visto a su primo actuar así. Se ha asustado tanto que ha liberado a Susan de su agarre. Ella llora y corre hacia mí. Yo estoy tirada en el piso y todo me da vueltas. El golpe ha sido directamente en mi nariz y boca, haciéndome caer contra el piso y golpeándome la cabeza contra el pavimento. Saboreo la sangre y escucho los gritos de Susan pidiendo ayuda.

Escucho las llantas de un auto rechinar y veo a Matthew y a Nick acercándose a Ian y Kurt.

— ¡Hijos de puta! —No sé quién grita, sus voces suenan distorsionadas y no puedo moverme.

Escucho golpes huecos y jadeos. Dos personas caen al suelo y sé que es Kurt e Ian. Susan permanece conmigo. El primer rostro que veo acercarse es el de Matthew, estudia mi rostro y yo parpadeo varias veces para aclarar mis ojos. Él tensa su mandíbula y regresa donde Kurt. Lo vuelve a golpear y Nick lo detiene.

— ¡Vas a matarlo! —Grita Nick, retirando a su hermano de Kurt.

Ian tiene el labio roto, se acerca a su primo y lo ayuda a levantarse.

Dejo de ver y me limito a ver el cielo que está estrellado. Vuelve una sombra y esta vez cierro los ojos cuando siento que me levantan del suelo.

Alguien maldice.

Otra persona también maldice y una tercera llora.

Me quejo del dolor y alguien toma mi mano.

El auto se detiene, lo que me obliga a abrir mis ojos. Veo el rostro de Susan, y luego sigo los brazos del que me sostiene. Matthew.

—Matthew...—susurro.

—Estás a salvo, mariposa.

Mariposa.

Sonrío para mis adentros. Siento que mi rostro está a punto de explotar. Estoy hecha un desastre y todavía puedo saborear la sangre en mi boca y se me revuelve el estómago.

—Bájame. —Mi voz es casi un ruego.

Nick abre la puerta de su casa y Verónica se acerca a nosotros, se lleva una mano a la boca al verme. Susan intenta explicarle pero su llanto se lo impide, Nick le ayuda a calmarse.

Matthew permanece en silencio y me lleva hasta la sala, me acuesta sobre el sofá y me estudia todo el cuerpo buscando más golpes.

No sé qué vio.

No sé qué piensa.

Quizás me culpe también por ello pero ya no me importa. Quiero dormir, estoy cansada y no quiero que me vea así.

—Déjame revisarla—Dice Nick poniendo sus manos en los hombros de Matthew. Se aparta pero no demasiado. Nick alcanza su bolso de emergencias. Limpia y toca mi rostro, yo me quejo y empiezo a llorar, siento el ardor cuando aprieta mi nariz para sacar el resto de sangre acumulada. Matthew sostiene mi mano, Susan ha dejado de llorar y permanece abrazada de su madre que también llora.

—Estará bien, por suerte no rompió el tabique. Tendrás un labio inflamado y un poco de dolor de cabeza.

Nick me da un par de pastillas y un vaso con agua. Me siento y sigo con mi cabeza inclinada hacia atrás.

Dos horas después la policía llega a la casa. Matthew y Nick hablan con ellos y Susan también. Una mujer policía me ve y me hace un par de preguntas que arrastrando las palabras puedo responderle.

Confirman que varias personas observaron desde sus casas lo sucedido, tal y como es la versión de Matthew y Nick.

Cierro los ojos.

Todo estará bien.

Ha sido una mala experiencia.

Una más en mi vida y no me importa tener mi cara hecha un asco. Es la hermana de Matthew y la defendería de nuevo.

—Siempre tengo que llevarte al peligro... Siempre llego tarde...No estoy ahí para protegerte... Te he fallado de nuevo, Elena.

Abro los ojos al escuchar la voz quebrada de Matthew.

Él se asusta al ver que lo he escuchado. Frunce el entrecejo y no sé si es porque mi cara está inflamada o porque ha vuelto a su mundo oscuro.

—No es tu culpa—susurro. —Intentaba ayudar a Susan.

—No sabes lo agradecido que estoy por ello. —toca mi rostro y se siente tan bien—Ni eso he podido hacer, proteger a mi familia.

— ¿Por qué siempre quieres controlarlo todo? te has ocupado de tu familia, de mí, de tus amigos, de Joe. —toco su rostro. —Ahora es momento de que aceptes que nunca has estado solo y aunque las decisiones que tomemos nos hagan daño y sientas que no pudiste hacer nada por protegernos, tienes que saber que proteger conlleva a sentir un poco de dolor.

Él no dice nada.

—Te mereces algo mejor.

Estoy cansada de que me diga eso.

No necesito a alguien mejor o peor.

Lo necesito a él, siempre ha sido él.

¿Por qué no lo entiende?

—Si vuelves a decirme eso, me iré de tu vida para siempre. —Lo amenazo y eso lo apresa. Ni yo misma sé cómo esas palabras han salido de mis labios con tanta firmeza.

—Perdóname.

Ahí está de nuevo el perdón. Siempre hay un *perdón* primero y no un *te amo.* Tal y como lo aseguró desde que me conoció.

—No sé el motivo de tu perdón, Matthew. —me limpio una lágrima—No volveré a preguntártelo y si de algo sirve decirte— respiro profundo: —No me acosté con David.

Veo que hay algo de alivio en sus ojos al saber que no he estado con nadie que no sea él.

—No soy nada sano en tu vida, no tengo ningún atributo que pueda hacerme merecedor de tu amor. Te he fallado una y mil veces y por más que intento alejarte de mí es cuando el mundo conspira en mi contra y alguien más te lastima.

—Me recuerdas a la historia de *Ulrich* el burgués de treinta y dos años quien decide dedicar un año de su vida para saber qué hacer con ella.

— ¿Cómo se llama la historia?

—*El hombre sin atributos*[19]—Respondo y lo escucho resoplar—Por suerte la obra quedó inacabada, por lo que nunca sabremos hacia dónde caminaría la novela.

Me ve como si pudiera leer mi mente.

—Si estás buscando siempre en tu vida atributos para creer merecer algo, no sólo perderás el tiempo, también perderás a las personas que creas no merecer. La vida es así. Dios no ve quién merece sufrir o quién merece ser feliz. Es uno el que traza su camino, no hay manual de instrucciones para no equivocarse. Solamente aprendes a aceptarlo y vivir con ello.

—Te he lastimado demasiado, ¿Cómo puedes ser tan buena conmigo?

—Me has amado más. —Me limito a decir antes de empezar a llorar.

---

[19] Robert Musil (1930-Austria)

—Te he hecho daño, no sólo he roto tu corazón. También lo he hecho físicamente.

Pienso en aquella noche que lo encontré en el polígono. Sus marcas desaparecieron rápido pero el dolor en su mirada sigue en mi mente. Y anoche cuando me tomó también me lastimó de las dos maneras.

No puedo con esto.

Tengo que decirlo de una maldita vez.

— ¿Quieres que me aleje de ti? — pregunto con voz firme pero mi corazón se termina de destrozar al terminar de formular la pregunta.

Sólo hay una oportunidad.

Una respuesta.

Sí.

No.

¡Por favor, que sea un *NO!*

¡NO!

¡DI: *NO!*

Cierro los ojos para escuchar la respuesta. El corazón ya no late y mi respiración ha desaparecido.

—Sí. —susurra.

Ya está.

Eso era todo lo que tenía que saber.

Ya no hay lágrimas en mi rostro. No siento nada, me siento vacía, es como si haya sacado mi alma y mi corazón de un solo golpe.

—Está bien. — me levanto de la cama, entro al baño y me veo al espejo. No me reconozco, pero es mejor así. Ahora soy otra persona.

Una persona vacía.

— ¿Me haces un favor?—No espero a que responda: —Destruye el árbol.

Acostúmbrate, Elena Jones.

Enero

Ana no ha hecho preguntas, y se lo agradezco. Cuidar de ella me ha ayudado mucho y a dejar de pensar en mis problemas. La he acompañado a su visita al médico junto con Joe.

El año nuevo fue un castigo en mi interior. No sentí nada y mi padre me llamó llorando de felicidad y algo de tristeza por no estar con él. Sentí un poco de desánimo, una parte de mí quería verlo pero mi orgullo no me dejó.

Ana y Joe han escogido varios nombres para su futuro hijo o hija. Los observo y no sonrío. No he vuelto a sonreír, solamente lo hice cuando escuché los latidos del corazón del bebé de Ana.

Susan ha estado bien, Ian no se volvió a acercar y Kurt no tiene permitido acercarse a ellos o a mí. Nadie en casa sabe lo sucedido porque seguramente Rob y Norah tomarían a primera hora el auto e ir por ellos para levantar cargos.

No pregunto por él.

Pero pienso en él.

Hasta pensar en él me lastima.

Tengo pesadillas todo el tiempo, pero he dejado de llorar. No estoy emocionada con el inicio de clases, pero es la mejor distracción y debo continuar con mis planes.

Febrero

—Esta noche iremos al polígono. —Dice Ana.

—Estás embarazada—La reprendo—No puedes ir ahí.

—Sí puedo, estoy embarazada no inválida.

— ¿Y para qué me lo dices?

—Quizás quieras ir. Joe dice que siempre le has dado buena suerte a Matt.

Rio para mis adentros.

—No eres la misma, Belle. Pareces un fantasma y Matt se ve igual.

—Estoy perfectamente bien. —Miento.

Regreso a mi habitación y repaso cada letra *el p-o-l-í-g-o-n-o del i-n-f-i-e-r-n-o.*

Quieres verlo, acéptalo.

Quiero verlo ganar una última vez y tengo un maravilloso plan.

Espero que Joe venga por Ana y me voy por mi propia cuenta. La ropa que he elegido es bastante provocativa para la ocasión pero no es mi objetivo.

Es increíble que no sienta nada estando aquí. Varios hombres quieren acercarse a mí y ahora entiendo. Esperan verme en los siguientes niveles. Ana dice que soy

como un fantasma pero todavía tengo
algo de conciencia para no involucrarme
a esos niveles.

— *Tiradores a sus lugares, ¡Que comience el juego!*

Me mantengo lejos de los jugadores y de la visión de Ana y Joe. Los primeros jugadores han hecho su juego.

Es el turno del *halcón*.

—*Hoy las reglas serán diferentes, la gente está pidiendo que el halcón haga sus diez tiros con los ojos vendados a una larga distancia. ¿Estás preparado halcón?* —La voz del anfitrión está tan excitada como el resto de las personas, aplauden y gritan para que el *halcón* acepte el reto y la nueva regla.

Él no dice nada, venda sus ojos. Me sorprende que está más serio que de costumbre, más que la primera vez que lo vi.

No tengas miedo.

Él no fallará.

Y aunque falle, no me importa.

Camino hacia el blanco, la gente se vuelve loca.

Me reconocen.

Mis piernas se mueven solas. Ni siquiera siento el latido de mi corazón.

¿Pero qué digo?

Ya no tengo corazón.

Joe detiene a Ana cuando me reconoce y quiere caminar hacia mí. Se lleva las manos a la boca sorprendida. Entonces cierro mis ojos.

Yo fui la que pidió el reto.

Fui yo la que le pagó a la chica para que me diera su lugar.

Soy yo la quiere ser su blanco en el infierno.

Soy yo la que está dispuesta a morir esta noche.

Soy yo la que lo sigue amando.

Primer lanzamiento. Directo al lado de mi mano.

Segundo y tercero cerca de mi cadera.

La gente se vuelve loca pero hay un silencio al noveno y décimo lanzamiento. Directamente a mi entrepierna y arriba de mi cabeza.

Abro los ojos y él quita su vendaje.

Nuestras miradas se encuentran y él parpadea varias veces llevándose las manos al cabello.

Lo he sorprendido y no de una forma agradable.

No dice nada.

Ya no parpadea.

Una chica se aproxima a él y toca su brazo y él no la aparta. Me sonríe y pone su brazo alrededor del cuello de la chica y se va con ella.

El silencio y el dolor invaden todo mi cuerpo.

Le acabo de demostrar que confío en él y él acaba de demostrarme que sigue siendo el mismo *hijo de puta halcón.*

—Eso fue valiente. —dice William acercándose. —Cuando quieras puedes tomar el lugar de mi chica también, prometo no fallar.

Hay seguridad en su voz. Sonrío y me alejo de él.

Ignoro los gritos de Ana y salgo corriendo de ahí. No veo a Matthew por ningún lado. Las personas me ven con admiración y otras siguen estupefactas.

Él ha seguido con el viejo estilo de vida.

Es momento de que yo también haga lo mismo.

Conduzco a toda velocidad, no me ha importado llevarme el auto de Ana. Seguro estará igual de molesta cuando llegue a casa.

No está en mis planes llegar a casa esta noche y encontrarme con una Ana hormonal.

La suerte está de mi lado esta noche y espero que también lo esté para lo que quiero hacer.

Toco el timbre con la esperanza de que sea él quien atienda.

— ¿Qué haces aquí?

Lleva puesto sólo pantalones para dormir. Se ve hermoso como siempre.

— ¿Estás sólo?

Asiente y no lo pienso más, me acerco a él y lo beso. Él se sorprende y me sostiene de la cintura. Con mi pie cierro la puerta y sigo devorando su boca. Besa bien, no me había dado cuenta de ello.

Lo necesito y sé que él también me necesita y me desea.

— ¿Belle, qué haces? —me aparta un poco para verme a la cara.

—Lo que debí darte hace mucho tiempo.

Se sorprende por mi confesión. Hay brillo en sus ojos, mucho deseo en la forma en cómo ahora es él el que devora mis labios. Me levanta del suelo y me carga a sus brazos. Me lleva hasta su habitación y me tumba sobre la cama.

Me desnuda con mucho cuidado, me hace sentir frágil y delicada. Ha pasado tanto tiempo desde la última vez que me sentí así. Pero no quiero sentirme delicada ni frágil, quiero sentirme fuerte y tomar el control.

—No me hagas el amor—susurro en sus labios—Sólo hazme tuya.

—No puedo hacerlo, Belle—habla con dificultad—Te amo y quiero hacerte el amor como siempre lo he deseado.

Sus palabras me lastiman. No quiero que me ame ni ame a mi cuerpo, quiero que me tome como lo que soy.

Un caparazón vacío.

Se desnuda y se acomoda encima de mí.

Eres tan estúpida.

Te arrepentirás después.

Me arrepiento de muchas cosas, y que David me haga suya no será una de ellas. No estoy engañando a nadie, soy libre.

Sigue besando cada parte de mi cuerpo, me devora los pechos y muerde mi cuello sin lastimarme. Estoy excitada pero al mismo tiempo hay demasiadas emociones encontradas y no quiero arruinarlo.

Está siendo demasiado cariñoso. Sus besos han pasado de hacerme sentir bien a lastimarme. Y mi caparazón vacío está siendo llenado de dolor.

Entonces lloro.

Vuelvo a llorar.

Se detiene.

— ¿Belle?

—Por favor, continúa—susurro en sus labios.

Sólo me ha besado, ni siquiera ha llegado a penetrarme y mi cuerpo ha empezado a reaccionar.

—No, Belle. —Se aparta y se sienta. Pone las manos en su cuello y respira agitado.

—David, por favor. —Mi voz ruega para que continúe y me haga suya.

Sus manos buscan mi rostro y me ve
como siempre lo hace. Una mirada dulce
de niño enamorado.

—No quiero tener sólo tu cuerpo—
acaricia mis mejillas—Quiero tener tu
corazón y tu mente. Tu cuerpo está aquí,
pero tu corazón en otro lugar y no quiero
pensar que es por eso que has venido a
buscarme para que te haga el amor.

—David...—sollozo.

—Tú no te vistes así, Belle. ¿De dónde
vienes?

—No quiero decirlo.

— ¿Me estás utilizando para olvidar al
halcón?

Oh, David. Perdóname.

—No—confieso—Te lo juro que no, pero
eres la única persona honesta que me ha
amado, no sólo quiero olvidarme de él.
También quiero olvidarme de la persona
que era yo.

—Te amo—besa mis nudillos—Y porque
te amo no dejaré que te entregues a mí.

Empiezo a llorar de nuevo y David cubre
mi cuerpo con una sábana, se coloca de
nuevo el pantalón y se mete a la cama
conmigo. Me atrae hacia su pecho
mientras yo sigo llorando descontrolada.

—Soy tu amigo, Belle—besa mi cabello— Y es lo único que necesitas en estos momentos.

—Gracias, David. —me aferro más a su pecho—Te quiero.

Escucho como suspira. Aunque no lo diga, lo he lastimado y lo que acabo de hacer ha terminado de matarlo. Entregarme de una forma tan vulnerable no es lo que David se merece.

Él se merece algo mejor que yo, que lo amen de la misma manera y se entreguen por amor no por dolor como yo estuve a punto de hacerlo.

¿Por qué no puede ser David?

¿Por qué no puede ser Matthew la mitad de honesto como lo ha sido David?

¿Por qué amo al que me lastima y no amo al que yo he lastimado?

⊰℥303⊱

—Gracias por traerme. —Me despido de David con un beso en la mejilla.

—Llámame si necesitas algo, Belle.

—Lo haré.

Miro mi celular y no me sorprendo al ver más de veinte llamadas perdidas de Ana y Joe. Pero lo que sí me sorprende es ver que la mitad de llamadas son de Matthew.

Me tiemblan las piernas y subo a mi habitación a tomar una ducha. Ana debe seguir durmiendo y sus padres no han regresado de su viaje. Al salir de la ducha, me tumbo sobre la cama y duermo un poco.

Me despierto al escuchar voces que provienen de la sala. Debe ser Ana y Joe. Me levanto de la cama y peino mi cabello antes de salir.

Camino despacio entonces me doy cuenta que hay una tercera voz.

— ¡Elena Isabelle Jones! — grita Ana al verme. Joe y Matthew permanecen sentados pero sólo Joe me ve. — ¿Dónde has pasado la noche?

—Por ahí—ignoro su pregunta y al
público que presencia nuestra
conversación y tomo un vaso con agua.

—Estábamos preocupados por ti—Su voz
se suaviza—Te hemos estado llamando.

— ¿Hemos? —Pregunto casi riéndome—
Me he dado cuenta de que *han* estado
bastante ocupados. Lamento mucho
haberlos preocupado.

Mi voz es todo menos sincera, es
descarada.

—Deja de comportarte de esa manera,
Belle—Esta vez es la voz de Joe, él jamás
me había reprendido.

—No te metas Joe, y no era necesario que
trajeras a tu amigo aquí, su cita de
anoche debe estar todavía esperándolo en
la cama. —me mofo.

Joe no dice nada ni Ana tampoco. Veo
cómo Matthew alza la mirada y me ve con
ira.

— ¿Qué? —lo reto— ¿He dicho alguna
mentira?

No responde entonces salgo de la cocina
para subir a mi habitación. Escucho
pasos a toda velocidad y me detiene del
brazo para impedir mi huida.

— ¿Dónde pasaste la noche? —me exige y su nivel de celos ha aumentado.

—Acompañada, igual que tú. —Ana y Joe están con los ojos como platos y no dicen nada.

—Yo no pasé la noche con nadie, Elena.

—Qué mal—me llevo la mano al pecho con remordimiento—Yo sí.

—Estábamos preocupados por ti ¿Por qué te pusiste en el blanco anoche? ¿Cómo pudiste hacer algo así?

—Fácil—respondo tajante—Así como tú pudiste hacer lo que nunca pensé que harías conmigo.

— ¿Qué hice contigo?

—Acostarte conmigo—mis ojos empiezan a arder— ¿Ya se te olvidó lo que hiciste conmigo aquella noche? —No responde entonces continúo: —No me veías, no me besabas, sólo me hacías daño. Eso Matthew, no es hacer el amor. Eso es tener sexo. O en tu lenguaje, *un polvo más.*

Veo dolor y culpa en sus ojos pero es demasiado tarde.

—Quise hacer lo mismo que tú hiciste conmigo anoche. Pero esa persona quería hacer lo contrario, quería hacerme el amor y que yo también se lo hiciera. —Me acerco más para susurrarle: — ¿Quién es el *buitre* ahora?

Mis palabras lo han matado, Ana y Joe permanecen con la boca abierta y no han dicho nada y no me ha importado que hayan escuchado. Quizás así me dejen en paz de una vez por todas y se den cuenta que estoy jodida y que no hay nada que pueda remediarlo.

Me alejo esta vez y corro hacia mi habitación. Hay demasiado silencio. Conecto mi iPod y *Dead in the water* de *Ellie Goulding* empieza a sonar. La canción no ayuda en mi estado de ánimo pero me consuela.

I'm dead in the water

Still looking for you

I'm dead in the water

Can't you see, can't you see?

Estoy muerta en el agua

Todavía buscándote

Estoy muerta en el agua

¿No puedes ver, no puedes ver?

Me encuentro en el baño, el espejo está roto y hay vidrios por todo el lugar.

Estoy soñando.

No siento mis brazos, tomo un trozo de vidrio y lo dejo caer al mismo tiempo que siento que me he lastimado al tocarlo.

— ¡Isabelle! —grita Ana.

No estás soñando, estúpida.

— ¡Vete de aquí, Ana!—Le grito.

Ana se acerca pero yo me aparto, Joe y Matthew suben por los gritos mientras yo me llevo las manos a la cabeza. No me he dado cuenta de lo que he hecho. Había pasado tanto tiempo sin que me lastimara así.

— ¡Te odio! —le grito a Matthew.

—Belle, vamos a ayudarte—dice Joe sosteniendo a Ana que está sollozando en su pecho.

— ¡No! —Vuelvo a gritar—Todos ustedes me han mentido, desde un principio. No me dijiste que el *halcón* era tu mejor amigo, no me dijiste que él vivía en tu casa y tampoco lo que había en el maldito polígono.

—Elena—Matthew sostiene mis manos ensangrentadas—Nena, por favor, tranquilízate.

— ¡No! —Me abraza, me sostiene con fuerza mientras Ana y Joe buscan algo para limpiarme.

— ¡Suéltame! ¡Déjame! —lo golpeo en el pecho— ¡Te odio! ¡Te odio!

—Mariposa, por favor.

— ¡No me llames mariposa! ¡No soy nada de lo que era! ¡Te odio!

—Por favor, Elena—Me ruega.

—¡Estás matándome! —Grito: —¡Estás matándome! ¿¡No lo ves!? ¿¡No ves cómo muero por tu amor?!

—Shh...—Intenta calmarme.

—¿¡Qué es lo que quieres de mí!? —Sollozo fuerte—¡Te odio! ¡Te amo!

Siento que la cabeza me estalla y todo me da vueltas. He parado de gritar, he dejado de golpearlo ya no digo que lo odio. Pero no porque no quiera, es porque no puedo mientras me desvanezco en sus brazos desmayándome.

Despierto y sólo él está conmigo. No me toca pero está cerca de mí.

—Matthew.

— ¿Cómo te sientes?

—Algo mareada.

—He venido a despedirme. —Siento que muero lentamente.

— ¿Despedirte? —mi voz se quiebra.

—Quizás vaya a Cambridge el próximo mes.

Me llevo las manos al rostro y empiezo a llorar, me duelen pero no tanto como su despedida.

—Por favor—sollozo—No te vayas.

—No puedo quedarme—Toca mi rostro y limpia una de mis lágrimas—No puedo ver cómo te destruyo, es mejor que me vaya. Estarás mejor sin mí.

—Pero yo te amo—susurro.

—Yo también te amo, Elena, siempre te he amado y estoy seguro que siempre te amaré.

— ¿Por qué estás haciendo esto? Quiero estar contigo, perdóname por todo, por haberte dejado, te he perdonado, Matthew. —Las palabras salen de mi boca, palabras que nunca tuve el valor de decirle antes y ahora es demasiado tarde.

—No me pidas perdón, soy yo el que tiene que pedírtelo pero no lo merezco, no merezco tu amor ni tu compasión.

—Te perdono, por favor, Matthew—Lo abrazo fuerte y él también.

—Mariposa—susurra en mi oído—Nunca cambies nada de ti, tengo algo más para mi lista. —Hace una pausa para verme— Eres fuerte, más fuerte que yo o cualquier persona que haya conocido. Nunca vas a pertenecer a mi mundo, te mereces el paraíso eternamente no el infierno.

—Hasta el dios del inframundo tuvo su amor, *Perséfone.*[20]

—*Hades* raptó a Perséfone, no es una historia de amor que envidie, mariposa.

—*Hades* intenta que ella esté cómoda con él en el inframundo, sabe que a ella le gustan las flores y hace que sus sirvientes las traigan para ella. Ella disfruta mucho la compañía de *Hades* y

---

[20] Reina del Inframundo.

se enamora de él. —Intento convencerlo con una historia peor a la nuestra.

—Cuando *Perséfone* vuelve con su marido al infierno es cuando las hojas se caen y los arboles ya no dan frutos. —Besa mi nariz— Entonces *Hades* con todo el dolor de su corazón la deja irse. —concluye.

—*Salvo tú y yo.* —Es turno de *Poe* para que me ayude a convencerlo.

—*Todo murió, salvo tú; salvo la divina luz en tus ojos, el alma de tus ojos alzados hacia el cielo.*[21]

Me da un último beso en los labios y se va.

Beso que me quema las entrañas y hace que mi corazón vuelva a latir de nuevo y al mismo tiempo que se paralice.

Todo en él se define en dos mundos, dos formas. Me da vida y al mismo tiempo me mata.

Lo dejo ir.

Y esta vez soy yo la que muere, ya que es él... el que se ha llevado mi corazón.

---

[21] «A Elena» E. A. Poe.

Marzo

—Las hormonas me tiene hecha un desastre no he parado de vomitar—Se queja Ana en el desayuno.

—Es normal—Dice Norah—Cuando yo estaba embarazada de ti, me llevó ocho meses para que las náuseas pararan.

Después de aquella noche, no volví a ver a Matthew.

El día más feliz la hora más feliz

Verán mis ojos -sí, los han visto-;

La más resplandeciente mirada de gloria y de virtud

Siento que ha sido.

Pero existió aquel anhelo de gloria y de virtud,

Ahora inmolado con dolor:

Incluso entonces sentí que la hora más dulce

No volvería de nuevo,

Pues sobre sus alas se cernía una densa oscuridad,

Y mientras se agitaba se derrumbó un ser

Tan poderoso como para destruir

A un alma que conocía tan bien.[22]

Me recito a mí misma un último poema, y el más triste de todos ellos.

Besó mis manos vendadas y se fue. Regalándome una última sonrisa y llevándose con él mis últimas lágrimas.

—Él no se ha ido y no creo que lo haga— Dice Ana como si leyera mi mente.

—Merece seguir adelante, al menos sabe lo que siento.

— ¿No hay manera para que puedan solucionarlo?

—Lo intenté, le rogué que no se marchara. Le dije que podíamos solucionarlo. —me ahogo para que mis lágrimas no salgan y Ana prieta mi mano.

Tampoco he hablado con su madre pero Susan me ha mandado mensajes de texto, ya empezó la universidad y estrenó

---

[22] «El día más feliz» E. A. Poe.

el bolso que le regalé. Está muy feliz y el tema de Ian ha quedado en el pasado.

Hoy es el primer día de clases. Estoy con los ánimos por los suelos pero lo intento. Por Ana, por mí, y por mi madre.

El último año.

Las asignaturas y actividades curriculares son seminario más que todo. Me dejaré llevar en cada una de ellos. Siempre quise llegar hasta aquí, mi madre decía que era la mejor parte y que tenía que dar lo mejor de mí.

— ¿Te encuentras bien? —pregunta David. Mientras tomamos un café antes de que él vaya a su trabajo y yo a la universidad.

—Por supuesto. —Sonrío y le doy un sorbo a mi café.

—No tienes que fingir conmigo, pero te creeré.

—Tú te ves alegre hoy y te has afeitado— me burlo.

—He conocido a alguien—contempla su taza de café—Es hija de una de las amigas de mi madre.

Me toma por sorpresa que David haya conocido a alguien y me hace muy feliz. Espero que esta chica sea la correcta y sane su corazón.

— ¿Te gusta?

—Me fascina, Belle. Es diferente.

—Diferente—repito.

—Sí, pero no es cómo tú.

—David, lo diferente es bueno, conócela y te aseguro que si lo intentas no te vas arrepentir. Mereces conocer a alguien y ser feliz.

—Lo sé. ¿Puedo preguntarte algo?

—Por supuesto.

— ¿Tú no quieres seguir con tu vida? Me refiero a intentarlo de nuevo con otra persona.

—Mi corazón está muy dañado, David y estar con alguien sería arrastrarlo conmigo, necesito sanar y no para volver a enamorarme, necesito sanar para empezar a vivir. Quizás necesite amor, pero no esa clase de amor.

—Gracias por ser tan buena amiga. Me gustaría que la conocieras.

—Me encantaría.

Las cosas buenas suceden y también las malas, pero ver a las personas que quiero ser felices, intentándolo de nuevo, comenzando otra nueva vida, me llena. Y parte de mí también necesita empezar a sanar el pasado.

Saco mi teléfono y con mucho entusiasmo acompañado con un par de lágrimas tecleo.

Hoy es mi primer día de clases en la universidad y el último año.
Quería compartirlo contigo.
Que tengas un buen día, Papá.

Sonrío y doy por iniciado mi primer día de clases.

Feliz primer día de clase, Belle.
Te queremos.
Ana.

Sonrío para mis adentros al ver el mensaje de Ana. Está al otro lado del edificio con Joe y deben estar cuchicheando de mí y mi estado de ánimo esta mañana.

—El nuevo profesor es todo un bombón— dice una chica a mi par.

— ¿Ah, sí? —pregunto rodando los ojo y fingiendo una sonrisa.

—Sí, es joven para ser profesor universitario. —continúa babeando hablando del nuevo profesor.

Parece una chica agradable. Su nombre es Angie, y es otra becada igual a mí y estudiante de historia. Sus padres viven a dos horas de Chicago y ella comparte habitación con una amiga.

Es simpática y muy risueña, me recuerda a Ana y en cómo se emociona al hablar de chicos, aunque Ana ya está muy lejos de hacerlo en estos momentos.

—Ahí viene—susurra Angie arreglando su melena rubia.

—Buenos días, mi nombre es William Faulkner y estaré impartiendo varios de los seminarios en historia para los de último año.

Me retuerzo en el asiento esperando que no me mire pero es imposible, sus ojos inmediatamente se clavan en los míos y aunque no se sorprende al verme, yo sí lo hago, tanto que no puedo parpadear.

El año no podía haber comenzado peor, mi profesor es el maldito *lucifer* del polígono del infierno.

—Creo que ya los conozco a todos pero los que no, ya los conoceré así que no es necesario que se presenten uno por uno.

Su postura y su forma de vestir son como las de un profesor. No parece que sea la misma persona de aquel lugar. Es serio y usa gafas, hasta podría decir que le sienta bien si no fuera un completo imbécil detrás de esa fachada de un simple profesor.

—Comenzaremos con algo de mitología romana. —En la pantalla aparece una escultura blanca de una mujer desnuda sosteniendo una manzana, me da nostalgia al reconocerla, *Venus.*

— ¿Alguien sabe quién es la mujer y el artista? —pregunta el profesor Faulkner.

Varias personas alzan la mano incluida yo sin darme cuenta. Él me busca con la mirada y asiente para darme la palabra.

—Venus con manzana, de *Bertel Thorvaldsen.*

Su mirada se ilumina. La misma sonrisa llena de lujuria que hace siempre cuando me ve.

— ¿Cuál es su nombre?

¿Está hablando en serio?

Sabe perfectamente quién soy.

—Elena Jones, profesor Faulkner.

—Muy bien, señorita Jones, la obra es de *Thorvaldsen.* Y la mujer es *Venus.* —continúa cambiando la siguiente imagen y aparece la imagen del nacimiento de *Venus* de *Botticelli*— Venus era una importante diosa romana relacionada principalmente con el amor, la belleza y la fertilidad, que desempeñaba un papel crucial en muchas fiestas y mitos religiosos romanos. *Venus* solía asociarse con la diosa griega *Afrodita* y la etrusca *Turan,* tomando aspectos prestados de ambas. Como con la mayoría de los demás ídolos del panteón romano. El concepto literario de *Venus* está cubierto por las ropas tomadas de los mitos griegos literarios de su equivalente, Afrodita. —Me busca de nuevo con la mirada y continúa: —*Venus* no llegó a tener una personalidad tan marcada en su sensualidad o crueldad como la griega. Aunque conservara sus atributos y símbolos, como la manzana dorada de la discordia.

Joe tenía razón, es un maldito genio aunque no hay pasión en lo que dice como lo hay cuando escucho a Matthew hablar de *Poe.*

Matthew no está aquí. Me traiciona la voz en mi interior. Sé que no está aquí. Lo extraño, y extraño todo lo que tenga que ver con él, hasta escucharlo cuando recita algún poema.

— ¿Señorita Jones? —Angie me pega con su codo y alzo la vista.

— ¿Sí?

— ¿Puede decirme de quién es esta obra o sigue soñando despierta?

Maldito idiota.

La imagen es el nacimiento de Venus pero no es de *Botticelli*. Parpadeo y aclaro mi garganta. Yo recuerdo quién es.

¡Demonios! Matthew Reed sal de mi mente.

— ¿Y bien? —inquiere de nuevo el profesor.

— El nacimiento de Venus de *Alexandre Cabanel*. —Y antes de que prosiga lo interrumpo por ser un idiota: —*Venus* se convirtió en un tema popular en la pintura y escultura del Renacimiento europeo, hay muchas obras de ella.

— ¿Ah, sí? —Pregunta incrédulo: — ¿Podría decirnos cuáles?

— ¿Todas? —pregunto aturdida.

—Sí, parece que sabe de lo que habla o al menos eso quiere aparentar. Me ha interrumpido y es por algo importante, prosiga señorita Jones.

Rio para mis adentros. Sé casi todo de *Venus*, mi madre amaba todo lo que tenía que ver con ella. Es un maldito idiota que quiere hacerme sentir menos el primer día de clases en su jodido seminario en presencia de setenta alumnos.

Levanto mi trasero de la silla, lo fulmino con la mirada y prosigo como él me lo pidió:

—*Venus Anadiómena, por Tiziano, El nacimiento de Venus de Botticelli, Venus dormida de Giorgione, Venus de Urbino de Tiziano, Venus del espejo de Velázquez, El nacimiento de Venus de François Boucher, Venus Anadyomene de Théodore Chassériau*—Hago una pausa y continúo: — *El Nacimiento de Venus de Eugène Emmanuel Amaury-Duval, Olympia de Manet, Nacimiento de Venus de Alexandre Cabanel, El nacimiento de Venus de Bouguereau, Venus Victrix de Canova, Venus en el baño de John William Godward.*

Hay mucho silencio. Yo continúo fulminándolo con la mirada hasta que escucho aplausos de todos mis compañeros.

Vaya. Eso es nuevo.

—Muy bien, señorita Jones, parece que es una experta en *Venus*. Nos vamos a llevar bien. —Me hace un guiño y mi estómago se revuelve.

Vuelvo a mi asiento y el profesor Faulkner continúa con su seminario:

—Cómo les decía, *Venus* se convirtió en un tema popular en la pintura y escultura del Renacimiento europeo. Como una figura clásica cuyo estado natural era la desnudez—me busca de nuevo con la mirada y continúa: — Era socialmente aceptable representarla sin ropas. Como «la diosa de la salud sexual», estaba justificado cierto grado de belleza erótica en sus retratos.

Espero que *lucifer* no se aparezca. Prefiero el profesor idiota a *lucifer* y su mirada recargada de deseo en mí.

No necesito esto ahora, necesito tener un poco de paz, para poder terminar mi último año y poder irme lejos de aquí y todos los recuerdos de Matthew.

— ¿Qué tal tu primer día de clases, Belle? —Pregunta Joe a la hora del almuerzo.

—Una mierda—Ana se atraganta— Discúlpenme pero no encuentro otra palabra.

— ¿Qué ha pasado? —Pregunta Ana.

—*Lucifer* da casi todos mis seminarios y me quiso humillar con una de sus preguntas.

— ¿Qué te preguntó?

—Hablaba sobre una diosa romana, *Venus.* —Ana carcajea, ella sabe que mi madre era experta en ello.

—Es un idiota, precisamente a ti te preguntó algo sobre ella.

—La verdad es que lo provoqué un poco porque estaba distraída y su forma de sacarme de mi sueño fue haciéndome preguntas. Me retó y contesté más de la cuenta, al final todos me aplaudieron.

Joe ríe a carcajadas. — ¿Estás hablando en serio? —me encojo de hombros.

—William lejos del polígono tiene reputación de ser un profesor vil, nada ni nadie lo callan y mucho menos lo intimidan.

—Yo no creo que lo haya intimidado, pero al hacerme otro tipo de preguntas y no hubiese respondido, me habría matado ahí mismo.

—No está de más decir que te cuides de él, Belle. Sigue siendo un imbécil. —Me advierte Joe.

Presiento que esa orden no viene precisamente de él. Matthew me lo decía todo el tiempo.

—Hoy saldremos de compras, Belle, necesito ropa nueva, estoy más gorda de lo que habría deseado estar algún día— Se queja casi llorando.

—Prometo comer más para alcanzarte— me burlo y consigo que sonría.

—Muy bien, entonces yo tendré mi tarde libre. —murmura Joe y Ana lo codea.

Es una maravilla verlos juntos, discuten solamente cuando se trata de los antojos de Ana y el mal humor que se apodera de ella en algunas ocasiones. Joe ha sido un maravilloso novio y futuro padre, se preocupa por ella incluso me llama algunas noches para preparar alguna sorpresa para el día siguiente.

Mi teléfono interrumpe la conversación. Lo veo y es mi padre, sonrío al ver la pantalla. Un año atrás estaría furiosa.

—Hola, Papá—Saludo y consigo la atención de Ana y Joe que me ven con sorpresa.

—Hola, Isabelle ¿Qué tal tu primer día de clases?

—Me ha ido bien ¿Qué tal tu día?

—Excelente, quería saber si puedo ir a visitarte la próxima semana, sé que has pedido distancia pero en realidad necesito verte.

— ¿Está todo bien? —Su petición me preocupa.

—Todo está bien, pero necesito ver a mi hija y saber que ella también está bien.

—Estoy bien—Hago una pausa—Estaré esperando tu visita.

Corto la llamada y dos pares de ojos esperan que les de las novedades.

—Mi padre vendrá de visita la próxima semana.

—Eso es excelente. —Dice Joe.

— ¿Estás segura? —pregunta Ana preocupada.

—Es momento de hacerlo.

—Bien.

—Bien.

— ¿Qué quieres comprar? —pregunto a Ana mientras cruzamos la calle.

—Creo que necesito un par de pantalones de embarazada, la panza empieza a notarse cada vez más.

—Coincido.

Visitamos un par de tiendas. Hace un año nuestras compras eran completamente diferentes. Vaqueros, blusas, faldas y zapatos de tacón. Ahora son pantalones de maternidad, batitas de flores y bragas de embarazada.

Rio para mis adentros, al ver a Ana que arruga la cara al ver la ropa de maternidad es tierna pero nada que diga «ANA» en ella.

—Lucirás perfecta en ésta—Le muestro un vestido de flores lila.

— ¿Tú crees? —pregunta al contemplarlo.

—Lo compraré para ti.

Pasamos por una tienda de bebés. Es la primera vez que visitamos una.

—Ojala sea una niña. —Mi esperanza hace que me vea.

— ¿Por qué?

—Así podré regalarle vestidos color lila.

Suelta una carcajadas.

—Oh, pobre de mi hija luciendo como una uva.

—Será una preciosa uva. —Bromeo.

Salimos de la tienda sin comprar nada, insistió en que no quería comprar nada para el bebé sin Joe y me pareció perfecto. Le ayudo con todas las bolsas y ella se queja. Ignoro su terquedad y seguimos caminando. La vida corre en segundos por mi mente.

Matthew.

Mis padres.

Mi carrera.

Es como una película y no puedo detenerla.

Aminoro la marcha al oír el sonido cada vez más fuerte de una potente máquina. Entonces veo la camioneta acercándose a toda velocidad, el conductor parece que ha perdido el equilibrio del mismo y se avecina hacia a nosotras.

Mi instinto es salir corriendo, pero lo que termino haciendo es mucho peor para mí, pero no para Ana.

— ¡Ariana!

La empujo contra unos arbustos asegurándome que amortiguarán el golpe y en menos de un segundo las bolsas salen disparadas al iré. No son las bolsas de Ana, porque ella no llevaba ninguna.

Son las mías.

Silencio.

Mucho silencio.

Mi mejor amiga está sana y salva, ella salvó mi vida una vez.

Ahora es mi turno.

Le sonrío... y cierro mis ojos.

༄༅333༄༅

—*Te ves tan hermosa, hija.*

— *¿Madre?*

—*Mi preciosa, Elena.*

—*Te extraño tanto, mamá.*

—*No deberías, siempre estoy contigo.*

—*Tus muñecas han sanado.*

—*Aquí no existen las cicatrices, no hay dolor, todo es paz y amor.*

— *¿Volveré a verte?*

— *¿Elena?*

— ¿Sí, madre?

—*Te amo, recuérdalo siempre.*

— ¿Mamá?

— ¡¿Mamá?!

Continuará...

El rapto de Perséfone

Rubens

www.krisbuendia.wix.com/krisbuendia

Sitio Oficial

©Kris Buendia

Kris Buendia, nació el 26 de Junio de 1991, Hondureña.

Un
Dulce Encuentro
En el **PERDÓN**

Made in the USA
Charleston, SC
02 July 2015